Die Trolle – wie sie leben

Siegfried Günther

2. Auflage

Bibliografische Information der Deutschen Nationalbibliothek:

Die Deutsche Nationalbibliothek verzeichnet diese Publikation in der Deutschen Nationalbibliografie; detaillierte bibliografische Daten sind im Internet über http://dnb.dnb.de abrufbar.

Name des Autors **Siegfried Günther**

Illustration: **Uwe Schönefeld**

Herstellung und Verlag: BoD – Books on Demand, Norderstedt

ISBN: **978- 3-73861-698-9**

Die Trolle – wie sie leben

Inhalt

EINFÜHRUNG

Die Trolle, in erster Linie die des Småfolkes, die sich unseren Blicken geschickt zu entziehen vermögen, belebten ursprünglich nur die Wälder hoch oben im Norden Skandinaviens. Schabernack und vor allem reichlich Raufereien scheinen bis zum heutigen Tag ihre einzige Lebensaufgabe zu sein. Allerdings nur dann, wenn sie sich nicht gerade auf Schatzsuche begeben. In diesem Buch soll von jenen Trollen erzählt werden, die zum Anbeginn des Denkens dort die ersten waren.

Wie wir uns sicher vorstellen können: Das Gemeinwesen der Trolle ist keineswegs so zu verstehen wie wir den Umgang miteinander gewohnt sind. Dinge die für uns alltäglich sind existieren erst gar nicht, dafür entstanden Regelungen die uns befremdlich erscheinen.

Als erstes haben sich über die Jahrhunderte hinweg die jeweiligen Gruppen der Småfolk-Trolle an die Gegenden in denen sie leben angepasst und ihren eigenen, mit der Natur im Einklang stehenden, Lebensstiel entwickelt. So gibt es neben den Waldtrollen, der größten Gruppe, von der auch dieses Buch handelt, schon seit langem die Waldrandtrolle, zu denen auch der getreue Haurucki gehörte. Er war einer der engsten Vertrauten des obersten aller Trolle, König Allbeerts. Diese Waldrandtrolle sind diejenigen, die den engsten Kontakt zu den Menschen haben. Das bedeutet nicht, dass sie Kontakt zueinander pflegen. Begegnungen sind äußerst selten. Wenn sie dennoch stattfinden sind sie, so gut wie immer, ungewollt.

Andere Trolle haben sich dem Leben im Gebirge verschrieben, die Bergtrolle, und weitere dem Leben an den Küsten und Fjorden zugewandt, Küsten- bzw. Fjordtrolle. Die rauesten aller Gesellen sind die ganz oben im Norden lebenden Trotztrolle. Schon seit Urzeiten trotzen sie jenseits der Baumgrenze, türmen und Unwettern. Da in ihrer Lebensumgebung die Wurzeln der Sträucher nicht mehr bis unter die Frostgrenze reichen leben sie in Höhlen und Felsspalten, teilweise auch hinter Wasserfällen. Zu Eis erstarrt bizarre Formen des herabgestürzten Wassers bieten im Winter eine Trutzburg, hinter der so mancher Troll seinen Winterschlaf hält. Nur zum Mittwinterfest, um an den alljährlichen Feierlichkeiten beim großen Trollfest teilnehmen zu können wird dieser Vorhang aus Eis von ihnen durchbrochen. Aber sie alle gemeinsam gehören zum Småfolk und hatten llbeert einst zu ihrem König gemacht. Einzig die Gruppe derer, einige Küsten- und Trotztrolle, die sich heimlich auf ein Schiff geschlichen hatten und somit jetzt auf Island leben scherte sich wenig um das was am Hofe Allbeerts vor sich ging, auch wenn sie stolz darauf verwiesen das er ihr König sei.

Aber neben dem Troll des Småfolkes gibt es noch den Stor-Troll. Vom Körperwuchs her ist er fast mit uns Menschen vergleichbar. In der gleichen Vielfalt des Wuchses wie er auch bei uns Menschen vorzufinden ist. Also, vom kleinwüchsigen bis zum 2-Meter-Mann bzw. Troll, dick und dünn ist er anzutreffen. Diese Trolle sind äußerst selten, aber man sagt ihnen nach das sie nicht die feinsten Sitten und Gebräuche hätten, gar manchmal recht brutal seien. Schließlich gibt es da noch den uns allen bekannten Jätte-Troll. Bei ihm ist alles riesig, der

Wuchs, die Kraft, die Stimme, aber auch die Schläfrigkeit, so dass er gar Jahrzehnte verschlafen kann. Sowohl der Stor-Troll, als auch der Jätte-Troll sind unzweifelhaft Trolle, trotzdem ist Allbeert nicht ihr König. Sie erkennen keinerlei Obrigkeit an. Nur das erwähnte Småfok bekennt sich klar zu seinem Herrscher, wobei seine Funktion eher als beratender Freund zu sehen ist. Klar, dass auch der Näck, ein trollähnliches Wasserwesen seinen eigenen Herrscher hat.

All diese unterschiedlichen Trolle deren Lebensräume sich immer wieder überschnitten haben, bildeten ihr eigenes Län, als Bereich der Herrschaft ihres Volkes. Die Grenze verläuft, nach Meinung des am äußersten Rand lebenden Trolls, immer dort wo das ihm zustehende Territorium endet. Das die unterschiedlichen Arten der Trolle auch unterschiedliche Vorstellungen haben, steht dabei außer Zweifel. Auch die Vorstellung wie und wer was nutzt ist so gut wie generell verschieden. So kommt es vor, dass ein Gebiet sowohl zum Reich des Småfolkes gehören kann, aber auch zum Gebiet der Jätte-Trolle. Überschneiden sich die Interessen der einzelnen nicht, so ist das völlig gleichgültig. Warum sollte es auch wegen solch einer Lappalie zu Unstimmigkeiten kommen?
Und dennoch, genau hier setzt die Funktion des Königs an. Völker, die weder Gesetze, noch eine Polizei und schon gar keine Straßen-Verkehrsordnung haben, die ihnen vorschreibt die rechte Straßen- oder Waldwegseite zu benutzen, wozu auch, sie haben ja schließlich keine Autos, können eigentlich gar nicht regiert werden. Wenn sich Trolle der gleichen Gattung, zum Beispiel dem Småfolk zugehörig, begegnen wird sowieso erst einmal geprahlt, angegeben was für ein Held troll sei, oder eine

Balgerei mit anschließendem gemeinsamen Gelächter begonnen. Gegebenen Falls wird auch irgendetwas ausgehäckt, denn solch eine Begegnung kann nicht zufällig sein und sollte, sofern troll nicht sowieso gerade die gleichen Interessen hat (wenn sie z.b. auf dem Weg zu einem Trollfest sind) sinnvoll genutzt werden. Wobei naturgegeben keiner jemals die Achtung vor dem Alter des ihm gegenüberstehenden vergießt. So ergibt es sich, dass die Aufgabe des Königs Allbeert allein in der Schlichtung liegt. Innerhalb des Småfolkes geschieht dies immer zum Mittsommerfest, wobei natürlich bei unüberwindlich scheinenden Differenzen vorher sowieso ein älterer Troll, ein Nachbar der Streithähne, eine Schlichtung versucht hatte. Konnte es bis dato zu keiner Einigung kommen, Allbeerts Spruch gilt. Keiner kommt auch nur im Entferntesten auf den Gedanken Zweifel an der Richtigkeit zu haben, selbst die Betroffenen sind überzeugt, die einzig richtige Lösung ihres Problems ist gefunden. Allein dieser Tatsache ist es zuzuschreiben, dass die kleinen Trolle des Småfolkes, entgegen anders lautender Behauptungen, ein freundliches und friedvolles Volk sind.

Aber nicht nur im inneren, auch nach außen hin bestehen die Aufgaben der Troll-Könige in der Schlichtung. Das Småfolk hat meist andere Interessen als die Stor- oder die Jätte-Trolle. Also gibt es Überschneidungen vor allem bei der Schatzsuche, die bei den jeweiligen Trollvölkern klaren Regeln folgt. In solchen Fällen kann es volkübergreifend zu Konflikten kommen. Dieser Problematik ist mit einer einfachen Schlichtung nicht bei zu kommen. Hier kann nicht ohne Weiteres der König Recht sprechen, denn er vertritt ja nur die Interessen seines Småfolkes. Jeder vertritt hier selber seine Interessen. Höchstens als Schlichter wurde Allbeert, der erste König der Trolle des Småfolkes, von den Völkern der großen Trolle geduldet. Die Stor-Trolle vertreten ihre Position manchmal gar mit Drohungen. Zum Glück sind der gewaltsamen Durchsetzung Grenzen gesetzt, allein schon in einer gewissen Achtung voreinander. Zudem kommen noch besondere Fähigkeiten hinzu. Was der Jätte-Troll mit Kraft erreichen kann, erreicht der Stor-Troll mit Hinterlist. Das Småfolk kann dem Schläue und die von allen gefürchteten Verfluchungen entgegen setzen. Ein Pari, um das alle Gruppen der Trolle wissen. Daher sind sie stets auf der Suche nach einem für alle befriedigenden Schlichtungsspruch. Jeder Troll lebt und handelt nach seinem gut Dünken und schert sich im Allgemeinen nicht um irgendeine Obrigkeit. Allein seiner Hilfsbereitschaft und das Gefühl dafür einer Gruppe anzugehören ist es zu verdanken, dass es beim Småfolk einen König gibt auf den troll, wenn es

das Miteinander fördert hört.

Aber halt, erst einmal musste doch irgendwann der erste aller Trolle seinen, wenn auch winzigen Fuß, auf unsere Mutter Erde setzen. Das Småfolk der Trolle musste sich zuerst einmal zu dem entwickeln, was es heute ist. Genau diese Geschichte ist hier zu lesen.

Der erste Troll

Vor Tausenden von Jahren war dort, wo heute die Wälder stehen, in denen die Trolle leben, nichts als eine Eiswüste. Die Dicke des Eises konnte man schon in Kilometern messen. Das heißt, wenn dort jemand gelebt hätte, der unbedingt messen wollte. Die einzigen Wesen, die als weiße Schatten, ohne einen Körper wie wir Menschen ihn haben, existieren konnten, waren die Eisgnome. Keiner weiß bis heute, woher sie kamen und wohin sie sich, nachdem das Eis geschmolzen war, zurückgezogen haben. Manche Menschen behaupten, sie lebten heute noch in Gletscherspalten und zögen einsame Wanderer und Bergsteiger zu sich hinab. Andere berichten, die Eisgnome hätten sich in den Himalaja zurückgezogen, um dort ihr Unwesen in gleicher Art zu treiben. Schließlich sollen sie gar, in den nun behaarten Körpern ihrer Opfer, als Yeti umherwandern, um Menschen in ihren Bann zu ziehen und in Gletscherspalten zu locken. Aber diese Geschichte der Eisgnome mag ein anderes Mal erzählt werden.

Nachdem das Eis nun endlich geschmolzen war, wehte über Jahrtausende ein eisiger Wind über eine karge Landschaft aus Fels und Stein, ohne Baum, ohne Strauch. Nicht die winzigste Pflanze war zu sehen. Doch irgendwann waren die ersten Steine durch die harten Winde und den eiskalten Regen, und erst recht durch den klirrenden Frost in den Wintern, geborsten. Hier und da hatten sich sogar schon einzelne Sandkörner gebildet, die einstmals mächtige Felsen oder große Steine gewesen waren, gerieben von den Kräften der Natur. Aber nicht lange lieb der Sand an einer Stelle liegen. Der Wind erfasste ihn und trug ihn über das öde Land. Teilweise wurde der Sand gegen Felsen geschleudert, diese wurden dann langsam glatt und rund geschliffen.

Der Sand wurde immer feiner und feiner und auch immer mehr. Jetzt konnte er in die engsten Felsspalten rutschen, wo der Wind ihn nicht mehr erfassen konnte.

Irgendwann stieg der erste richtige Sommer über das Land und der erste Vogel verirrte sich über der Wüste aus Fels und Geröll. Ohne es selbst zu wissen, trug der Vogel ein winziges Samenkorn im Gefieder. Es war der Samen einer Blume weit aus dem Süden. Eine unscheinbare Blume. In den Ländern, aus der sie stammte, fand sie nicht die geringste Beachtung und kaum einer kannte ihren Namen. Ja, teilweise wurde sie sogar verachtet und als unnütz und störend angesehen. Ihr einziger Vorteil bestand in ihrer Genügsamkeit, denn sie wuchs auf kargem Boden, um dort den Ziegen als Futter zu dienen.

Dieses Samenkorn, das der erste Vogel mit sich trug, wurde der Beginn all dessen, was sein sollte.

Es fiel in einen Felsspalt, in dem sich der feine Sand gesammelt hatte. Nach dem ersten Regen ging das Samenkorn auf. Kaum war die Spitze des Sprösslings durch die Erde gebrochen, ging ein Raunen durch die neue Welt. Alle Geister der Natur, Feen und Elfen kamen herbeigeflogen und auch alle anderen für uns nicht sichtbaren Wesen der Natur kamen und bestaunten das grüne Wunder. Unvorstellbar aber war die Freude, als sich die erste winzige Blüte öffnete. Anderswo in der Welt missachtet, wurde die kleine Blume hier zum Inbegriff von Schönheit und Anmut, vom Wachsen und

Gedeihen, denn sie war einzigartig in dieser Einöde. Die Elfen höchst persönlich übernahmen sofort ihre Obhut und Pflege.

Es folgte ein kalter Winter, der sich wie ein Eispanzer über das Land legte. Er war so frostig, dass viele derer, die sonst der Kälte trotzten, an die Rückkehr der Eiszeit dachten. Doch letztendlich stieg die Sonne wieder auf und der Schnee schmolz. Aber wie sah unsere kleine Blume aus? Grau und niedergedrückt! Die Elfen wollten schon aufgeben! Als dann doch noch neues Grün den Boden durchbrach, war die Freude umso größer. Und nicht nur das, sie breitete sich immer weiter aus, unsere kleine Pflanze, und es entstand ein weicher, flauschiger Teppich aus feuchtem Grün, an dessen Rand unzählige kleine Blumen erblühten, in der Art, wie sie auch beim ersten Mal erstrahlten.

Von Jahr zu Jahr breitete sich der Blütenteppich nun weiter aus. Der Genügsamkeit der Pflanze war es zu verdanken, dass sogar die Felsen kein Hindernis für sie darstellten. Sie wuchs einfach über sie hinweg. Aber das Wichtigste war, sie festigte den Boden unter sich und sie trotzte dem Wind, so dass dieser den Sand nicht mehr wegtragen konnte. Die Blume wurde der Treffpunkt von alledem, was lebte. Das heißt natürlich allen Elfen, Feen und sonstigen Wesen, die den grundlegenden Elementen der Natur verhaftet waren. Natürlich kamen auch die Vögel, denn sie hatten das Wunder von oben gesehen, weshalb sie in Scharen herbeigeeilt kamen. Und so, wie das erste Samenkorn herangetragen wurde, so trugen diese Vögel weitere Samenkörner heran. Mit jedem Jahr wurden mehr und mehr Samenkörner herangetragen und somit wuchs auch der Pflanzenteppich.

Irgendeinmal, keiner kann heute mehr wissen, wann genau es war, wurde der Samen des ersten Baumes, einer Kiefer, herbei getragen und dieser Samen ging auf. Sie wuchs flach und niedrig über dem Boden, diese erste Kiefer, aber sie trotzte den widrigen Wetterbedingungen. Ja, in ihrem Windschatten konnten sogar die ersten Beeren heranwachsen. Die Lebensgrundlage für die ersten Tiere – abgesehen einmal von den Vögeln, die diesen Platz nun schon seit vielen Jahren kannten – war geschaffen. Und nach den ersten Tieren kam auch er, der erste Troll. Er kam, um in den Wurzeln der Kiefer zu leben. Eigentlich, genau genommen, ich glaube, es war umgekehrt. Mit dem ersten Troll kamen die ersten Tiere!

Er war winzig, dieser Troll, nicht größer, als dass er in die Hand eines Menschen passte. Er selbst sah fast wie ein kleiner Mensch aus. Vielleicht, dass das Haar etwas zotteliger, die Haut etwas gegerbt und die Nase im Verhältnis zum Körper viel zu groß, aber doch sehr empfindlich, war. Das Gesicht tief zerfurcht und den Mund stets wie zum Spott verzogen, ja genau, so sah er aus. Abgesehen von seinem winzigen Körper gibt es aber doch einen großen Unterschied zu den Menschen: Der Schwanz! Tatsächlich, er hat einen Schwanz, an dessen Ende ein kleiner Quast sitzt, fast wie der Schwanz einer Kuh (aber das mit der Kuh sollte man nie in der Gegenwart eines Trolls erwähnen). Abgesehen von einigen sehr wilden und zornigen Phasen, sind Trolle sehr gutmütig, es sei denn, man vergleicht sie mit Tieren oder Zwergen.

Dieser erste Troll richtete sich in der Wurzel sehr gemütlich ein, für Trollverhältnisse versteht sich. Ein Bett aus Moos, mit einer Zudecke aus geflochtenem Gras, hatte er sich in der einen Ecke aufgebaut. Die Wurzel gegenüber der Schlafstelle hat er so geschickt freigelegt, dass sie ihm als Bank dienen konnte. Einen Tisch, nein, so etwas braucht kein alleinlebender Troll. Wenn er etwas zu essen fand, wurde es gleich in den Mund gestopft. Dieses Verhalten ist auch der Grund dafür, dass man immer den Eindruck hat, Trolle haben dicke Backen. In Wirklichkeit sind sie meist am futtern. Das einzige, was sie auf Vorrat haben, ist etwas Honig, aber auch sie bekommen Bauchschmerzen, wenn sie zu viel Süßes essen.

Oft hört man in Geschichten, Trolle würden über die Magie und die Zauberei alles wissen und dieses Wissen auch gegen die Menschen verwenden. Diese Meinung ist bis heute noch nicht bestätigt und Zweifel sind angebracht. Eines aber ist sicher: Das Wissen der Feen um die Zauberei ist in jedem Fall wesentlich größer. Genauso sicher ist, das Erste, was dieser Troll in seinem Dasein machte, war seine Flöte. Auch heute noch halten es die Trolle so, dass sie mit dieser Arbeit beginnen, sobald sie ihre Elternhöhle verlassen.

Mindestens 10 Jahre brauchte der Troll, um seine Flöte zu schnitzen, anschließend zu verfeinern und zu stimmen. Auch wenn dies als sehr lang erscheint, für einen Troll ist das eine akzeptable Zeit. Diese Fähigkeit ist ihm angeboren, so wie es den Vögeln angeboren ist, das Lied ihrer Art zu pfeifen oder zu zwitschern. Nun beginnt er, der Melodie des Windes zu lauschen, um sie auf seiner Flöte nachzuspielen. Unser Troll brauchte fast 100 Jahre, um sein Spiel zu perfektionieren; erst dann beherrschte er die Melodie des Windes seiner Region. Wenn er bisher immer der Melodie gefolgt ist, war er nun in der Lage, den Wind seinem Spiel folgen zu lassen. Je nach der Art der Melodie konnte er den Wind zu einem Sturm aufbrausen lassen oder dem Sturm Einhalt gebieten. Der Wind folgte nun dem Spiel der Flöte, wie ein Balletttänzer der Musik des Orchesters.

Es ist wohl jedem bekannt, dass die Trolle den Wind lieben, je eisiger, je besser und umso zufriedener ist ein Troll. Nur vor einem fürchtete sich der erste Troll: Solange er festen Boden unter den Füßen hat, geduckt unter Blaubeersträuchern oder Farnen, kann ihm kein noch so wilder Sturm etwas anhaben, zumal, wenn er seine Flöte dabei hat. Doch wehe, er würde vom Sturm erfasst, wenn er seine Flöte nicht dabei hatte oder er in einer fremden Umgebung unterwegs sei. Muss er dann noch über eine Lichtung huschen oder einen Fels überklettern, so könnte es gefährlich für ihn werden. Der Wind ergriffe den Troll mit eiserner Hand und schleuderte ihn zurück in den Wald. Was die Verletzbarkeit betrifft, ist das eigentlich halb so schlimm, so ein Troll ist äußerst robust. Niemals hat man gehört, ein Troll sei erschlagen worden, als er durch den Wind gegen einen Baum geschleudert wurde. Das Einzige, was ihm passieren könnte, ist, dass er mit seinem Schwanz in einer Astgabel hängen bliebe. So etwas ist nicht gerade eben mal ein kleines Malheur, nein, es ist das Schlimmste, was einem Troll passieren könnte. Er wäre auf fremde Hilfe angewiesen. Seine moralische Einstellung verpflichtet ihn in solch einem Fall zu einer gewissen Gegenleistung. Wäre der Helfer ein Tier oder ein Waldgeist, so ist das für den Troll noch akzeptabel. Er hilft bei der Futter- bzw. bei der Nahrungssuche. Das ist ein Leichtes für ihn, denn er kennt die Plätze mit den meisten Pilzen und den dicksten Beeren, zudem hilft ihm notfalls noch seine Nase, die alles Essbare in der Umgebung erschnüffeln kann. Gewiss würde er lieber nach Schätzen suchen und Gold und Silber sammeln, was eine seiner Lieblingsbeschäftigungen ist. Oder er würde auf seiner Flöte spielen, um den Wind zu gebieten, Regen-, Schnee- oder Hagelwolken herbei zu treiben.

Wenn es nur irgendwie geht, weicht jeder Troll dem Menschen aus und versteckt sich, es sei denn, er könnte seinen Schatz vergrößern. So wie wir durch die Luft gehen oder durch das Wasser schwimmen, so lag es in seiner und aller folgenden Trolle Natur, durch Holz zu gehen. Der Troll muss nur die Rinde aufbrechen und kann in den Baum schlüpfen. Er verschwindet so hinter der Rinde, wie ein Kind unter der Bettdecke, wenn es sich schlafen legt. Diese Fähigkeit nutzt er auch, um vom Menschen nicht gesehen zu werden. Das Schlimmste für ihn ist, wenn er die Hilfe eines Menschen in Anspruch nehmen müsste, denn diesem müsste er seinen Schatz, den er vielleicht über Hunderte von Jahren angesammelt hat, zukommen lassen. Und nicht nur das, der Mensch wüsste von seiner Existenz. Von Schätzen und dem Leuchten des Goldes wusste der erste Troll aber zu dieser Zeit noch gar nichts.

Irgendwann muss es passiert sein, dass ein Troll genau in diese Lage kam und der Mensch ihm zum ersten Mal begegnete.

Der Mensch konnte sich nun ein Bild von dem machen, was er bis dahin mehr ahnte, als er es kannte und was er bis dahin noch nie gesehen hatte. Trolle, ein Volk in den Tiefen der Wälder, hoch oben im Norden, dort, wo im Sommer die Sonne sogar in der Nacht scheint.

Begegnungen bei der Suche

Dass wir Menschen von Adam und Eva abstammen, ist ein weitverbreiteter christlicher Glaubensgrundsatz. Fragt man bei anderen Kulturen oder Religionen nach, so wird man ähnliche Erklärungen für unsere Existenz vorfinden. Andere sind der Meinung, die Menschheit stamme vom Affen ab oder aber eine parallele Entwicklung habe stattgefunden. Aber bei allen Erklärungen ist doch eins ganz vordergründig: Wo kommen wir her? Wann und wie begann alles? Das sind Fragen, die wir uns immer wieder stellen.

Auch bei den Trollen begann alles mit dem Erscheinen des ersten Trolls. Aber wen interessiert das? Uns, denn wir wollen es wissen. Für den Troll selbst stellt sich diese Frage nicht im Geringsten.
„ICH BIN!", ist seine kurze und bündige Antwort.
„Folglich gibt es mich und wenn es mich gibt, dann gibt es auch andere meiner Art. Basta!"
Demzufolge fragte der erste Troll nicht nach dem „WARUM bin ich hier?", sondern erledigte die wichtigsten Dinge des Trollalltages, um dann eines Tages aufzubrechen und nach einer Partnerin zu suchen. Obwohl er selbst keine Erinnerung daran hat, wie er entstanden sei, denn er war ja der Erste, war ihm klar, es muss noch andere geben.
Deshalb machte er sich keine Gedanken darüber, ob er sie finden würde und auch nicht darüber, wo er suchen solle, oder, oder, oder ...

Eines war für ihn absolut sicher: „Ich bin nicht allein und es gibt jemanden, der zu mir gehört, jemanden, genauso trollig wie ich."

Schleunigst wurde ein Bündel mit den wichtigsten Dingen des Lebens gepackt und ein Tuch, um gegebenenfalls einen zufällig gefundenen Schatz darin zu verbergen; ein Topf mit Honig zur Verpflegung, aber maximal halb voll. Sollte troll auf ein erfolgversprechendes Bienennest stoßen, muss die Möglichkeit etwas Honig mitzunehmen immer genutzt werden, und wie ginge dies ohne oder fast noch fataler mit einem vollen Honigtopf? Er müsste ihn halb leer futtern, nur um ihn nachfüllen zu können. Unvorstellbar die Bauchschmerzen, die damit verbunden sein könnten.

Für die weitere Ergänzung der Essensvorräte und für eventuelle Reparaturen an der Kleidung, standen stets der Wald mit der Vielfalt seiner Pflanzen und wenn notwendig die Hilfe der Tiere zur Verfügung. Abgesehen von erwähntem Vollfuttern, bis die Bauchschmerzen kommen, achtet ein Troll immer darauf, dass er nur die Dinge nimmt, die der Wald nachwachsen lässt und geht deshalb behutsam mit allem um.

Sein Weg richtete sich nach Norden, dorthin, wo um Mitternacht die Sonne schien. Unserem Troll schien das die vernünftigste Richtung zu sein. Er war sich sicher, wo die Sonne auch nachts über dem Firmament steht, muss die Welt einfach wunderschön sein. Warum sonst würde die Sonne dort verweilen, statt zu schlafen.

Es sollte ein beschwerlicher Weg werden, wie sich später herausstellte. Nach langer Wanderung erreichte der Troll eine riesige Wasserfläche. Durstig, wie er war, wollte er etwas trinken.

Kaum beugte er sich vor, als ihn eine auf seine Schulter
gelegte Hand zurück hielt. Unwirsch drehte sich der Troll
um und starrte in das Gesicht seinesgleichen. Er wollte
schon aufjubeln, weil seine Suche so schnell Erfolg hatte.
Dann zögerte er aber. Ihm wurde bewusst, dass da
irgendetwas anders war, als es hätte sein sollen. Die
Gesichtsfarbe seines Gegenübers, der mit dem Kopf
schüttelte, als wolle er NEIN sagen, war fahl und ein
wenig wässrig. Die Augen stets schelmisch
dreinschauend, aber im Gegensatz zu den seinen leicht
gerötet, waren von einer wasserblauen Farblosigkeit.

Zwischen den Fingern und den Zehen, die man wegen des fehlenden Schuhwerks sehen konnte, befanden sich dünne flatterige Häute. Und es ging eine Kälte von seinem Gegenüber aus. Wenn auch etwas undeutlich gesagt, durch seine wogende und blubbernde Stimme, so war doch zu verstehen: „Die Wesen des trockenen Landes können dieses Wasser nicht trinken!"

„Blödsinn, ich kann!", war die unfreundliche Antwort des Trolls.

Der Versuch, doch vom Wasser zu trinken, endete in einem Gepruster und Herumspucken, Fluchen und Igitt" schreien.

„Ich hatte es dir gesagt. -

Du bist genau wie die Menschen. Keiner glaubt mir, ohne es zu versuchen."

Die Empörung des Trolls über eine Gleichsetzung mit Menschen (Menschen verlieren Dinge, verirren sich in Wäldern und lärmen herum – Trolle lärmen nie herum, zumindest in ihrer eigenen Sichtweise, die Tiere und all jene, die den Trollen begegneten, denken da eher etwas anders) veranlassten ihn zu einem schrillen Aufschrei: „Wie ein Mensch?" Und etwas zurückhaltender setzte er fort: „Wer oder was bist du überhaupt, es zu wagen, mich, den Troll, mit einem Menschen zu vergleichen oder gar gleich zu setzen?"

Sein Gegenüber sagte gar nichts. Er schaute ihn nur schweigend an oder besser gesagt der Troll hatte das Gefühl, er schaue durch ihn hindurch. Mit leiser, nicht mehr so blubbernder, sondern eher dahin-plätschernd klingender Stimme kam die Antwort: „Ich bin das Gleiche wie du!"

„Das geht nicht", kam es wie aus der Pistole geschossen.

Der Troll war verwirrt, so dass er sogar seinen Zorn wegen des Menschenvergleiches vergaß und setzte hinzu: „Wenn du wie ich bist, müsste ich ja auch wie du sein."

„Gewissermaßen." Durch die kurze und absolut nichts sagende Antwort schien der gerade verflogene Zorn des Trolls wieder anzuschwellen.

„Natürlich sind wir nicht ein und dasselbe Wesen. Aber ...", und nach einer längeren Pause setzte er oder sie oder es den Satz fort: „Aber das, was du zu Lande und im Wald bist, genau das bin ich am Strand und im Wasser oder was ich im Wasser bin, bist du an Land. Es ist nur eine Frage der Betrachtungs-weise. Verstehst du?"

„Nein!" Kurz und klar war die Antwort des Trolls. „Ich bin kein Philosoph", setzte er noch hinzu.

Der Troll drehte sich abrupt um und entfernte sich vom Wasser, das erstens nicht schmeckte, gar eklig war und in dem zweitens seltsame Wesen zu hausen pflegten.

„Warte, geh am Wasser entlang, so kann ich dich ein Stück des Weges begleiten und ich kann versuchen, dir zu erklären, was ich meine."

Der Troll drehte sich zögernd um: „Warum sollte ich?" Trotz lag jetzt wieder in seiner Stimme. Aber der störte das bis jetzt noch für ihn unbekannte Wesen nicht im Geringsten: „Weil du es wissen willst", lautete seine mit verhaltener Stimme gegebene Antwort.

Zögernd näherte sich der Troll wieder. Ein wenig war er auf sich selbst böse, weil er sich so weich gab. Ein Troll hatte hart, rau und widerborstig zu sein. Selbst wenn es ihm niemand gesagt hatte, das war ihm schon klar. Aus welchem Grund auch immer, jetzt wollte er wissen, was diese Geheimnistuerei mit Du und Ich oder auch umgekehrt zu bedeuten hat. Auch Trolle sind schließlich sehr neugierig und wollen verstehen, was um sie herum so alles vorgeht und was da kreucht und fleucht.

„Wir sind des Gleichen", hörte er, noch in Gedanken darüber, wie sich ein rechter Troll in solch einer Situation zu geben habe.

„Siehst du die Sonne? Wie ist ihr Glanz?"

„Wie Gold!"

Diese Antwort des Trolls kam fast noch schneller, als die Frage selbst gestellt wurde.

„Ich wusste, dass du das sagen würdest. Du liebst das Gold. In diesem Punkte sind wir gleich. Auch ich und all die meinen lieben das Gold. Genau wie du sammeln wir das Gold und die Edelsteine derer, die sie nicht zu schätzen wissen."

„Woher willst du das wissen, wir trafen uns nie."

„Ich weiß!"

Und nach einem kurzen Blick, der wieder durch den Troll hindurchzugehen schien, begann das Wesen endlich etwas zu erklären.

„Das Land ist umgeben von Wasser und jeder, der an Land lebt, braucht Wasser, aber nicht jeder, der im Wasser zu Hause ist, braucht Land. So ist es, dass ihr zu uns kommen müsst, wir aber nicht zu euch."

„Gut, aber das bedeutet doch gar nichts."

Bei dieser Antwort war eine gewisse Herabschätzung in den Gesichtszügen des Trolls zu erkennen.

„Du liebst den Schabernack, ich auch!"

„Ja, ja, aber woher weißt du das?"

Ungeduldig setzte der Troll noch hinzu: „Und was soll das mit dem Land und dem Wasser?"

Ohne auf die Fragen einzugehen, zeigte der im Wasser Platschende nach vorn: „Dort fließt ein Bach ins Meer, du kannst trinken!"

„Seinesgleichen" verschwand in der Tiefe des Wassers, nur ein paar Luftblasen und einen verwirrten Troll zurücklassend.

Durstig war er tatsächlich und der unangenehme Geschmack des Seewassers, das er getrunken hatte, war immer noch in seinem Mund. Ein paar Meter oberhalb der Mündung beugte er sich über das Wasser und nahm aus der hohlen Hand einige kräftige Schlucke des erfrischenden Nasses.

Er dachte noch über seine seltsame Begegnung nach und überlegte, wie er wohl auf die andere Seite des Baches kommen möge. Da tauchte vor ihm sein ungebetener und nervender Begleiter aus dem Wasser auf: „Was hast du gesehen?"

Der Troll schaute ihn fragend und verständnislos an: „Wie, was soll ich gesehen haben?"

„Beim Trinken!"

„Was zum Teufel soll ich beim Trinken gesehen haben?"

„Natürlich dich!"

„Wie mich?"

„Sahst du nicht dein Spiegelbild?"

„Ja, aber das sehe ich doch immer, wenn ich trinke." Der Troll war nun völlig genervt. „Was soll das? Es ist doch nichts Ungewöhnliches."

„Nein, ungewöhnlich ist es nicht. Aber, ich war unter Wasser. Verstehst du nun?"

Der Gesichtsausdruck des Trolls war nun absolut entgeistert, jetzt verstand er überhaupt nichts mehr und es bedurfte einer weiteren Erklärung. „Du trankst und du sahst dich, nicht aber mich. Ich aber sah dich, nicht mich. Wenn man ins Wasser schaut, spiegelt es. Wenn man aus dem Wasser heraus schaut, spiegelt es nicht. Man kann alles erkennen, sofern die Wellen nicht das Bild verzerren.“

Der Troll wollte nur noch das Weite suchen, aber sein „neuer Freund“ stand jetzt hinter ihm und vor ihm, auf der einen Seite das Meer, auf der anderen Seite der Bach. Immer noch fühlte sich der Troll unbehaglich. Und sich unbehaglich fühlende Trolle können für andere sehr, sehr unbehaglich werden. Er wirbelte herum, um seiner Wut und seinem Unbehagen Luft zu machen. Doch wie angewurzelt verharrte er, als er in das ebenso wütende, aber auch verzweifelte Gesicht seines Gesprächspartners blickte.

„Wir sind so gleich, aber verstehen einander nicht.“ Mit seinen breiten Füßen, die auf dem Boden nur so platschten, ging er am Troll vorbei auf das Meer zu.

Jetzt war es am Troll, das Wort zu ergreifen und er lenkte ein: „Warte, ich weiß immer noch nicht, wer du bist und auch will ich gerne verstehen, woher du das alles weißt.“

„Du trankst und du sahst dich, nicht aber mich. Ich aber sah dich. Ich bin ein Näck.“ (Ein Näck ist eigentlich das gleiche wie ein Troll; er lebt jedoch im Wasser.)

„Wenn du so viel weißt und siehst, ohne gesehen zu werden, dann kannst du mir vielleicht sagen, ob ...“ Der kleine Näck fiel dem Troll ins Wort: „Ja, ja, es gibt sie!“

„Wen gibt es?“

Der Troll war verdattert und wusste nun gar nicht mehr, was er mit diesem Näck, wie er sich nannte, anfangen solle.

„Na, weitere von deiner Art, große, kleine, dicke, dünne und so weiter."

Mit riesigen, kugelrunden glänzenden Augen und weit aufgerissenem Mund starrte der Troll den Näck an, um dann zu stammeln: „Wo..., woher weißt du, was ich fragen wollte?"

Und dann sprudelten die Fragen nur so aus ihm heraus: „Wo sind sie? Wie viele waren es? Wo kamen sie her? Wann war es? Wieso ... Weshalb ... Warum ... Wohin ...?"

Der kleine Näck saß jetzt wieder vor dem Troll im Wasser und schüttelte nur noch den Kopf. Wie ein Troll in so kurzer Zeit so viele Fragen stellen konnte, war ihm unbegreiflich.

„Ich glaube, es ist langsam an der Zeit, ein wenig zu schlafen. Du kannst dich hier am Waldrand, mit Blick über den Strand, zum Schlafen legen. Ich muss nach unten, denn wenn ich schlafe, kann ich keine Luft atmen. Deine Fragen können wir dann morgen alle klären."

Der Troll wollte noch einwenden, dass es doch gar nicht so spät sei, aber der Näck war schon unter die Wasseroberfläche verschwunden, nur noch eine Fahne von kleinen Luftblasen hinter sich her ziehend.

An erholsamen Schlaf war natürlich beim Troll nicht zu denken, viel zu viel spukte ihm im Kopf herum. Es bestätigte sich also, was er ja schon immer wusste. Wir sind viele. Und so wie er eines Tages aufwachte und einfach da war, so muss es auch anderen ergangen sein.

Natürlich, ohne von sich selbst eingenommen zu sein, war er sich absolut sicher, dass er der Erste war.

Die Nachtsonne schien über den Himmel zu schleichen, ehe sie im Osten angelangt war und der Tag mit einem neuen Morgen begann. Für unsereins ist es nicht einfach dort oben, hoch im Norden, zu bestimmen, wann der neue Tag beginnt, denn es gibt ja keinen Sonnenaufgang. Für einen Troll ist das aber eine klare Sache.

Ein paar Beeren vom Waldrand und ein großer Löffel Honig mussten heute als Frühstück reichen. Gegenüber seiner sonstigen Gewohnheit, fast den halben Tag dafür aufzuwenden, war es heute ein eher klägliches Mahl. Er hatte es eilig.

Der Troll lief zum Wasser, um sein Gesicht zu waschen. Danach wollte er nach dem Näck rufen.

Kaum hatte er sich über das Wasser gebeugt, da schoss ihm eine Fontäne entgegen und der grinsende Näck tauchte auf. Zuerst war der Troll wieder verärgert, musste aber dann doch lachen. Würde er im Wasser leben, triebe er diesen Schabernack wohl auch gerne.

Der Näck setzte sich mit dem Hintern ins Wasser, damit ihm nicht zu warm würde, wenn er so lange an der Oberfläche ist. Schließlich war er es nicht gewohnt, längere Zeit in der Sonne zu sitzen. Ihm gegenüber setzte sich der Troll auf einen Stein, ließ aber, wegen des warmen Wetters, seine Füße ins Wasser baumeln. Neugierig schaute er seinem Gegenüber in die Augen, um ihn dann aufzufordern: „Nun erzähl doch endlich."

„Es war am Anfang des Sommers", begann dieser seine Erzählung, „die Sonne stand schon sehr weit im Norden, ging aber vor Mitternacht noch unter, da sah ich sie zum ersten Mal. Kleine Schatten bewegten sich am Ufer, die aber auf keinen Fall von Tieren stammen konnten. Zumindest kenne ich keine Tiere dieser Größe, die aufrecht gehen. Also tauchte ich bis knapp unter die Wasseroberfläche, um besser sehen zu können, was das wohl sein kann, was sich so seltsam am Ufer bewegt. Genau wie du, beugte sich der Schatten vor, um Wasser zu trinken, allerdings gleich mit dem ganzen Kopf hinein und nicht erst in die Hände. Prompt stießen wir mit den Köpfen aneinander. Es war ein herrliches Geschimpfe mit dem wir uns die Schuld jeweils zuwiesen. Aber, nachdem wir uns beruhigt hatten, kamen wir ins Gespräch. Wir stellten fest, dass wir zwar an unterschiedlichen Orten lebten und sogar manchmal unterschiedlich atmeten, aber von der Art her gleich sind. Vier- oder fünfmal kamen dann noch andere vorbei. Manche mussten genau wie du, trotz meiner Warnung, Meerwasser trinken."

„Das war alles?", fragte der Troll entgeistert, „mehr nicht?"

„Ach ja, alle wollten nach Norden, der Mitternachtssonne entgegen. Denen, die nett waren, und das waren beileibe nicht alle, half ich über den Bach."

„Nach Norden will ich auch", war die spontane Antwort des Trolls und er bat, wie zuvor die anderen Trolle auch, den Näck, ihm beim Überqueren des Baches behilflich zu sein. Für so einen Näck ist das absolut kein Problem, denn das Wasser ist ja sein Element. Schwieriger ist es für ihn aber, an ein Bienennest zu kommen. Da es im Wasser ja nichts Süßes gibt, bat er deshalb den Troll, als Gegenleistung etwas Honig naschen zu dürfen. Trolle hüten aber ihren Honig und geben nur ungern davon ab, denn auch sie lieben die Süße. In diesem Fall aber musste troll einfach großzügig sein, denn solch eine Hilfe hatte er nicht erwartet. Hinzu kommt, dass er so schnell wie möglich seine Artgenossen treffen wollte. Letztendlich spart er sich auch noch den langen Weg bachaufwärts, um einen den Bach überbrückenden, umgefallenen Baum zu finden. Auch die andere Möglichkeit, die Hilfe eines Tieres, musste er nicht in Anspruch nehmen.

Erst am Abend, durch die Hilfe des Näcks jetzt auf der anderen Seite des Baches, verabschiedeten sich die beiden voneinander, nicht ohne sich gegenseitig zu versichern, einander zu besuchen. Das dürfte aber für den Näck nicht so einfach werden, da er ja immer in der Nähe des Wassers bleiben muss. Außerdem, nach wem sollte er fragen? Die beiden hatten sich ja noch gar nicht ihre Namen gesagt. Deshalb fragte der Näck nach: „Übrigens, ich heiße Blupblup, wie ist eigentlich dein Name? Den müsste ich doch wissen, falls ich nach dir fragen müsste."

„Wieso? Ich bin Troll, einen Namen habe ich nicht. Warum auch? Ich bin doch schließlich der Erste!"

„Aber wir wissen doch jetzt beide, dass es mehrere deiner erdgebundenen Art gibt. Ein Name wäre hier sehr hilfreich. Wie wäre es mit Futterfix?", war der Vorschlag des Näcks Blupblup, „das passt zu deinem unstillbaren Appetit."

Der Troll betrachtete nachdenklich seinen Bauch, war aber der Meinung, es reiche, wenn troll den Bauch sieht.

„Es muss doch nicht auch noch im Namen zu ersehen sein, wie gerne ich von Beeren und Honig nasche. Vielleicht sollte troll meine Fähigkeiten bei der Schatzsuche hervorheben."

„Unsinn! Schätze suchen wir alle. Nein, wir brauchen etwas, das nur für dich gilt und wo jeder, der dich kennt, sagen wird, dass dieser Name nur zu dir passt und deine Besonderheit und Einzigartigkeit unterstreicht."

Der Troll betrachtete wieder seinen Bauch und sagte mehr zu sich als zu Blupblup: „Vielleicht doch was von Beeren und Honig?"

Die Reaktion des Näck ließ nicht auf sich warten und er grinste: „Wie wär's mit Honigbeer oder Futtertsehr?" Dass der Troll von solchen Eingebungen seines neuen Freundes nicht begeistert war, lässt sich wohl unschwer nachvollziehen. Daher meinte er, dass vielleicht eine etwas positivere Einstellung bei der Namenssuche behilflich sein könne.

„Na gut", gab Blupblup nach, „was kannst du denn noch alles besonders gut?"

„Ich kenne alle wohl schmeckenden Beeren des Waldes."

Beide mussten herzlich lachen, weil es schon wieder ums Essen ging. Das Lachen war so laut, dass fast ein Vogel im gegenüberstehenden Baum vor Schreck aus dem Nest gefallen wäre. Er beschwerte sich lauthals über den Lärm: „Dann nehmt doch was mit all den Beeren, die er kennt und gebt endlich Ruhe. Es ist schon spät."

Der Näck sprang mit einem riesigen Satz aus dem Wasser und dem Troll um den Hals. „Genau, du bist ab heute der Troll Allbeer, der alle Beeren kennt!"

Da dem Troll, der ja schließlich in den Wäldern des Nordens lebte, das Ausklingen des Namens etwas zu französisch war, einigten sich die beiden, noch ein T anzuhängen.

Der erste Troll bekam so seinen Namen: „Allbeert".

Am nächsten Morgen setzte er seinen Weg fort. Er winkte noch mal in Richtung Wasser, bevor er im Wald verschwand.

Heute ging es nur sehr langsam voran, denn an jedem beerentragenden Strauch wurde angehalten. Das knappe Frühstück vom Vortag musste ja noch irgendwie Nachgeholt werden. Auch der Honigtopf war um einiges leichter geworden und das nicht nur, weil er den Näck davon hatte naschen lassen. Aber er schaute auch aufmerksam danach, ob er nicht die eine oder andere Spur seiner Artgenossen entdecken könne. Hin und wieder lief er der Länge nach durch umgefallene Bäume, die noch nicht modrig waren und meinte, einen charakteristischen Geruch wahrzunehmen, der seinem eigenen ähnlich ist, den Geruch von Trollen.

Irgendwann, die Sonne färbte sich schon rotgolden, hielt er nach einem Schlafplatz Ausschau. Unterhalb einer Felswand, an einer Stelle, die gerade noch von der Sonne beschienen wurde, stand eine riesige Tanne und der Troll dachte sich, dass troll wohl sehr angenehm schlafen würde, wenn er sich zwischen ihre Wurzeln zusammenkauern würde.

Gesagt, getan! Schnell fiel der Troll in einen tiefen Schlaf. In seinen Träumen sah er viele Trolle unterschiedlichen Alters, die auf einem Felsplateau sangen, tanzten und spielten. Der Troll verspürte eine Glückseligkeit, die er bisher noch nicht erlebt hatte. Er schien am Ziel seiner Wanderung angekommen, als er durch ein Zerren am Schwanz abrupt aus dem Schlaf gerissen wurde. Zwischen Daumen und Zeigefinger einer riesigen Hand wurde sein Schwanz festgehalten. Ein Entrinnen war nicht möglich. Eine zweite, ebenso riesige Hand hatte die Tanne zur Seite gebogen, als wäre sie ein Blaubeerstrauch, unter dem jemand nachgeschaut hatte, ob noch Beeren daran hängen. Zwischen den Händen ragte ihm von oben herunter ein Baumstamm entgegen. Zumindest war das Allbeerts erster Eindruck. Erst beim zweiten Hinsehen wurde ihm klar, dass es sich hier um eine Nase handelte, der seinen nicht unähnlich, nur wesentlich größer. Jetzt erkannte er auch das Gesicht, zu dem die Nase gehörte.

„Ich träume", sagte er leise zu sich selbst.

„Schon wieder so ein Zwerg", kam von oben eine donnernde Stimme, bei der das Laub an den Zweigen der Bäume in der Umgebung zu zittern begann. Zum Glück ist es mit den Trollen so, dass sie im entscheidenden Moment keinerlei Angst haben. Zumindest behaupten sie das von sich selbst. Entrüstet über so viel Hochmut dieses dahergekommenen Riesen fiel deshalb die Antwort des Trolls aus: „Wie kannst du mich einen Zwerg schimpfen? Ich habe dich doch auch nicht beleidigt. Wer bist du, dir diese Dreistigkeit heraus zu nehmen!?"

Er schrie seine Worte nach oben, dem über ihn gebeugten Gesicht entgegen.

„Ich mag zwar größer sein als du, aber das bedeutet noch lange nicht, dass ich schwerhörig bin. Also schreie hier nicht so herum, du könntest die Tiere erschrecken!", donnerte es wie ein Gewittersturm von oben herab.

„Und, wenn du kein Zwerg bist, was bist du dann?"

„Ich bin ein Troll", kam die Antwort klar, deutlich und bestimmt.

„Hm, ich auch. Wir sollten klären, wer hier nun was ist und vor allem, warum so viele von euch Kleinwüchsigen hier durch meinen Wald stolpern, ohne recht voran zu kommen."

Der Riese hob Allbeert hoch und setzte ihn sich in die Hand. Er selbst setzte sich auf den Fels, unterhalb dessen

Allbeert geschlafen hatte. Der Riese ließ seine Beine an der Felswand herunter hängen. Die Hand, in der er Allbeert hielt, legte er auf seinem Knie ab und schaute ihn nachdenklich an.

„Du willst also ein Troll sein?", fragte er und kratzte sich dabei mit der anderen Hand hinter dem Ohr. Seine Stimme war jetzt etwas ruhiger geworden.

„Nicht nur ein Toll, sondern sogar der erste Troll", antwortete Allbeert, nicht ohne einen gewissen Stolz in der Stimme zu haben.

Inzwischen hatte er es sich in der Hand des Riesen gemütlich gemacht, die Arme hinter dem Kopf verschränkt und den Handballen der riesigen Hand zum Kopfkissen umfunktioniert.

„Im Verhältnis zu den anderen hast du einen längeren Schwanz, dann mag das wohl so sein, dass du älter bist. Aber ein Troll, wo ich doch einer bin?", bekräftigte der Riese nochmals seinen vermeintlichen Anspruch darauf, ein Troll zu sein.

Nach einigem Hin und Her wurden sie sich dann schließlich einig, dass trotz der unterschiedlichen Körpergröße, bei der sehr großen Ähnlichkeit ihrer körperlichen Merkmale, beide zu den Trollen gehören. Der eine, nämlich Allbeert, zum Småfolk (dem kleinen Volk) und der andere zu den Jätte-Trollen (den Riesentrollen). Die Frage danach, wer denn nun der erste Troll gewesen sei, wurde mit dem gleichen Großmut gelöst. Jeder von beiden ist es für seine Art.

Der kleine Troll Allbeert hatte demnach genau genommen durch diese Begegnung einen anderen Troll getroffen. Auch wenn es sich hier um einen Riesen handelte, mit dem er sich geeinigt hatte, dass sie beide Trolle seien. Den Näck, den er zuvor traf, zählte er ja nicht zu den Trollen, da dieser ja im Wasser lebt.

Jetzt kam wieder die den Trollen eigene Neugier in ihm hoch: „Du sagtest vorhin, schon wieder so ein ..., du weißt schon."

Wann ...? Wo ...? Wie ...? So wie auch beim Näck, überschüttete Allbeert nun den Jätte-Troll mit Fragen.

„Ach ja, so ganz vereinzelt, mal hier einer, mal da einer. Der Letzte stolperte hier vor 3 - 4 Tagen herum. Aber ich habe ihn nicht sonderlich beachtet. Was ist so wichtig daran?"

„Willst du etwa nicht wissen, ob es noch mehr Jätte-Trolle gibt und wo sie leben? Es sind doch deine Verwandten."

Der Jätte-Troll hatte sich noch nie Gedanken über derartige Fragen gemacht. Auch jetzt wusste er nicht so recht, ob er das alles wissen wolle.

Unser kleiner Troll wollte sich jetzt schnell verabschieden, um den Vorsprung von 3 - 4 Tagen einzuholen, was ein schallendes Gelächter des Jätte-Troll auslöste. Er zeigte auf Allbeerts kurze Beine: „Wie willst du das denn anstellen, selbst bei kleinen Steinen musst du schon eine Stunde drum herum wandern, das wird nichts."

Es war aber nicht so, dass er nur lästerte, er half auch. Den Vorschlag, Allbeert ein Stück des Weges zu begleiten, und nicht nur das, sondern ihn zu tragen, nahm dieser gerne an. Der kleine Allbeert wurde deshalb in die Jackentasche gesteckt. Er konnte gerade noch heraus schauen, wenn er sich auf die Zehen stellte. Es ist schon ein Unterschied, auch wenn die Trolle eigentlich sehr schnell sind, ob troll mit einem Schritt 10 cm oder 10 m weit kommt. Beide aßen noch eine Hand voll Beeren, der Jätte-Troll der Einfachheit wegen gleich mit dem ganzen Busch, denn mit seinen großen Fingern hätte er einzelne Beeren gar nicht abpflücken können. Dann machten sie sich auf den Weg. Immer der Mitternachtssonne entgegen.

Trotz seiner großen Schritte konnte auch der Jätte-Troll nicht einfach über alle Hindernisse hinweg steigen. Flüsse und Bäche waren absolut keine Probleme. Waren sie breit, wurde einfach hinein gestapft, denn so tief, dass der Jätte-Troll weiter als bis zu den Knien im Wasser stand, war keiner von ihnen. Anders war es da schon mit den großen Seen, die selbst für einen solchen Hünen, wie den Jätte-Troll, zu tief sind. Da half nur der Weg am Ufer lang. Die Seen konnten so groß sein, dass sie einen ganzen Tag dafür brauchten.

Abends legte sich der Jätte-Troll einfach auf einen Bergrücken. Er kauerte sich so geschickt hin, dass er mit der Landschaft regelrecht verschmolz. Er schlief sofort ein und begann zu schnarchen, dass die Erde erzitterte.

Vereinzelt soll es vorgekommen sein, dass so ein Jätte-Troll sogar so fest einschlief, dass es mehrere Jahrzehnte dauerte, bis er wieder aufwachte. Wenn er so tief schläft, hört er aber nach einiger Zeit mit dem Schnarchen auf. Bei so langer Zeit des Tiefschlafes kann es passieren, dass er von Moos und Sträuchern überwuchert wird. Wenn solche Jätte-Trolle dann wieder aufstehen, entstehen Lawinen und Erdrutsche. Manchmal fallen gar ganze Wälder von ihnen ab und Dörfer unterhalb der Berge drohen verschüttet zu werden.

Als der Jätte-Troll gegen Mittag des nächsten Tages immer noch nicht aufgewacht war, befürchtete Allbeert, dass genau so etwas passiert sein könnte, zumal kein Schnarchen mehr zu hören war. Er kletterte also an das Ohr, das aus seiner Sicht fast einer Höhle glich und rief hinein: „Wir sollten aufbrechen!" Außer einem Echo und einem Laut, der dem Grunzen eines alten Ebers glich, kam vom Jätte-Troll keinerlei Reaktion, nicht einmal ein Zucken der Lider.

Allbeert wollte sich schon allein auf den Weg machen, als ihm einfiel, wie der riesige Jätte-Troll ihn geweckt hatte. Also rutschte er vom Ohr auf die Nase, balancierte auf dieser bis zum Ende und hüpfte von dort ins Moos. Jetzt musste er nur noch den halben Oberkörper umrunden, um an den Schwanz zu gelangen. Allein der Quast an dessen Ende war fast so groß wie er selbst. Einmal kräftig zupacken und dann mit aller Kraft ziehen. „Heee", und im gleichen Moment hatte die riesige Hand des Jätte-Trolls ihn auch schon gepackt. Er hielt sich Allbeert direkt vor seine Nase und schaute ihn düster an: „Was soll das? Mache das nie wieder. Das mag ich absolut nicht und außerdem, ich habe doch kaum geschlafen."

„Wir sollten die Zeit nutzen, statt sie zu verschlafen, sonst holen wir die anderen Trolle niemals ein."

Nach der uns nun schon bekannten Art der Einnahme eines Imbisses, bei dem Allbeert seinen Honigtopf nun bis auf den letzten Tropfen geleert hatte, setzten die beiden ihre Wanderung fort.

Heute nahm der Troll auf der Schulter des Jätte-Trolls Platz und hatte dadurch einen einmaligen Überblick über die Landschaft. Weite, lang gezogene Berge, im unteren Teil noch bewaldet, aber auf dem Bergrücken nackter Fels, nur hier und da mit Moosen und Flechten bedeckt. So zeigte sich die Landschaft zu ihrer Linken. Vor ihnen immer wieder Flüsse, die sich über Wasserfälle hinab stürzten und sich dann in riesige Seen ergossen. Aber auch hier gab es meist Wald, ab und an von ein paar Feldern unterbrochen. Zu ihrer Rechten eine Ebene, die sich im Himmel zu verlieren schien. Auf die Frage, ob denn der Jätte-Troll wisse, was dort hinten, wo der Himmel die Erde trifft, sei, kam die Antwort: „Ein See, dessen Ende selbst ich nicht erkennen kann, mit ekligem, salzigem Wasser, das nur die wenigsten Lebewesen trinken können."

„Aha, das kenne ich, das ist das Meer", wusste Allbeert sofort. Seine eigenen Trinkversuche waren ihm noch gegenwärtig. „Aber wir wollen nach Norden, der Mitternachtssonne entgegen."

Einige Stunden später kamen sie an eine reißende Stromschnelle. Selbst der Jätte-Troll befürchtete, dass ihm die Füße unter dem Körper weggerissen würden und suchte deshalb nach einer passablen Übergangsstelle. Die war bald gefunden, in Form einer Insel, umspült von der tosenden Schnelle. Ein großer Satz bis auf die Insel und dann noch ein weiterer Schritt und sie waren auf dem gegenüberliegenden Ufer. Diese Stromschnelle des Piteälven, so wird der Fluss von uns Menschen genannt, ist selbst heute noch als Trollfårsen bekannt. Es erinnert daran, dass Allbeert und der Jätte-Troll hier den Fluss überquerten.

Ihre Wanderung führte sie jetzt stromaufwärts und sie legten noch mal eine Übernachtungspause ein. Die Mitternachtssonne hatte schon fast den höchsten Stand des Sommers erreicht.

Beide Trolle konnten nicht ruhig schlafen: Allbeert vor Aufregung, denn ihm war klar, am nächsten Tag würde er sein Ziel erreicht haben und auf die lang gesuchten Trolle des Småfolkes treffen. Der Jätte-Troll, weil ihm der Magen knurrte, denn es fand sich heute kein vernünftiges Nachtmahl. Hungrige Trolle, egal zu welchem Volk sie sich auch immer zählen mögen, können nun mal nicht so schnell einschlafen, wenn die Mägen zu laut knurren.

Am nächsten Morgen, trotz aller Eile, zu der Allbeert antrieb, wurde sich doch die Zeit für ein Frühstück genommen. Honig gab es diesmal nicht, denn Allbeerts Topf war, wie wir ja wissen, schon am Vortag geleert worden. Beeren, vor allem Hjortron, die bei uns als Moltebeeren bekannt sind, und Kräuter, die Gott sei Dank reichlich vorhanden waren, sättigten die beiden dann doch noch. Weil das Bärlauch etwas üppiger war und somit der Geschmack von Knoblauch ständig im Munde, wurde reichlich Wasser getrunken. Aber auch das half leider nicht, der penetrante Geschmack blieb.

Auch an diesem Tag, dem dritten ihrer Wanderung, setzte Allbeert sich wieder auf die Schulter seines neuen riesigen Freundes. Es dauerte nicht lange, bis er plötzlich aufsprang und auf der Schulter des Jätte-Trolls euphorisch herumhüpfte. Wie alle Trolle trug auch der Jätte-Troll seit seiner Initiation einen Ohrring. Weil Allbeert sich daran festhielt, konnte gerade noch verhindert werden, dass Allbeert abstürzte. Auf den Aufschrei des Jätte-Trolls, denn so ein Zerren am Ohrring kann äußerst schmerzhaft sein, reagierte der kleine Troll überhaupt nicht. Mit der anderen Hand zeigte er nach vorne: „Da ..., da ..., da ..., das kenne ich. Davon habe ich geträumt. Nur noch den See entlang und den Hang hoch."

Die Aufregung von Allbeert brachte den Jätte-Troll zum Schmunzeln und er verzieh Allbeert das Zerren an einem Ohr.

Der Wasserfall an der Seite des Sees, wo die beiden jetzt standen, war für den Jätte-Troll kein allzu großes Hindernis. Er war ja nur läppische 15 m hoch. Aber der See oberhalb war länger als erwartet. Sie brauchten fast eine Stunde und das bei Schritten, die sie 500 m weiter brachten. Am Ende kam jetzt nur noch der Anstieg, 100 m nach oben. Der Jätte-Troll kletterte auf allen Vieren voran. Kaum ragte sein Kopf über die Abschlusskante des Anstieges, fing er auch schon schallend an zu lachen: „Hast du sie gesehen? Wie die Hasen sind sie davon gestoben." Dabei drehte er den Kopf in Richtung Allbeert und den hätte er dabei fast von der Schulter geschleudert.

Erstens, weil er sich ja am Ohrring fest gehalten hatte und der geht ja beim Kopfdrehen gewöhnlich mit, da er am Ohr hängt, doch Allbeert konnte sich gerade noch abfangen, indem er sich sofort an den Kragen krallte. Zweitens, gerade als er sich wieder aufrichten wollte, um auch etwas zu sehen, kam die riesige Nase des Jätte-Trolls auf ihn zu. Nur dessen beherztes Zugreifen verhinderte letztlich den Absturz. Behutsam setzte er Allbeert auf dem Plateau ab, das dieser aus seinem Traum ja schon kannte. Er war an seinem Ziel angekommen. Nur von Trollen war nichts zu sehen.

„Was war das, was du meintest, das, was wie die Hasen davon gestoben ist?"

„Na, deine Kumpels."

„Welche Kumpels?"

„Nach wem hast du denn gesucht?"

„Trolle??? Du hast wirklich Trolle gesehen? Wo?" Fragend schaute Allbeert den Jätte-Troll an, der immer noch an der gleichen Stelle am Hang stand. Allbeert stand dessen Gesicht genau gegenüber.

„Moment, ich komme auch hoch. Geh' mal ein Stück zur Seite."

Jetzt stand auch der Jätte-Troll auf dem Plateau: „Hier hab' ich 'ne bessere Übersicht."

Mit einem Finger deutete er mal da und mal dorthin, wobei er sagte: „Da, da, dort, da hinten, hinter diesen Felsen, dort hocken einige."

Mit einem Finger deutete er mal da und mal dorthin, wobei er sagte: „Da, da, dort, da hinten, hinter diesen Felsen, dort hocken einige."

Auf die Bitte Allbeerts hin, stellte er diesen wieder auf seine Schulter. Jetzt konnte auch er sich einen Überblick verschaffen und er brüllte so laut er konnte: „Hallo, ihr Trolle des Småfolkes, ihr braucht keine Angst zu haben." Mit nunmehr ruhigerer Stimme erklärte er weiter: „Das hier ist ein Jätte-Troll, der mir bei der Suche nach euch half." Dabei zog er sanft am Ohrring seines riesigen Freundes, so dass dieser mit dem Kopf hin und her schaukelte und seinen Mund zu einem breiten Grinsen verzog.

Langsam kamen hinter den verschiedensten Steinen und unter den niedrigen Sträuchern Trolle hervor gekrochen, erst leise murmelnd und dann zunehmend durcheinander redend. Wenn troll genau hin hörte, meinte troll zu verstehen : „Wir und Angst, Trolle haben keine Angst.

Wir waren nur auf etwas Sicherheit bedacht und außerdem wollten wir niemanden erschrecken.‟ Zumindest waren es Äußerungen ähnlicher Art, die jetzt zu vernehmen waren.

Nachdem Allbeert sich beim Jätte-Troll bedankt hatte und dieser ihn auf die Erde zurücksetzte, stürzte er sich ins Gewühl der Trolle. Es mögen 50 oder 60 an der Zahl gewesen sein, etwa zur Hälfte männlich bzw. weiblich.

Der Jätte-Troll suchte sich ein Plätzchen zum Schlafen. Er pflegte zwar über weite Strecken umher zu streifen, aber so viel wie in den letzten Tagen war er zuvor noch nie auf den Beinen gewesen. Nach anfänglichem Schnarchen wurde sein Atem ganz ruhig. Bald war gar nichts mehr von ihm zu hören. Wer weiß, wie lange er da geschlafen hat oder ob er sogar noch bis heute schläft, hoch oben im Norden, dort, wo im Sommer die Sonne sogar in der Nacht scheint.

Der Obertroll und
wie die ersten Trolle Namen bekamen

Das erste Mal, geleitet von einer für die Trolle unergründlichen Kraft, hatten sie sich auf dem Plateau versammelt. Sie palaverten über alles Mögliche und Unmögliche. Aber vor allem hoben sie sich selbst immer wieder hervor, welch tolle Trolle sie seien.

Einige Trolle waren schon seit ein paar Tagen dort, andere sind erst am gleichen Tag wie Allbeert angekommen. Eines aber war für alle das Wichtigste: Wie lang ist der Schwanz des anderen?

Es gab nur eine Möglichkeit, das heraus zu finden: Der Schwanzlängenvergleich. Das war unbedingt notwendig, denn aus dieser Länge lässt sich das Alter eines Trolls ablesen. Je länger, je älter. Im Alter von 50 Jahren, wenn der Troll erwachsen ist, erreicht sein freihängender Schwanz den Boden. Das war allen klar, denn es entsprach in etwa dem Alter der meisten hier versammelten Trolle. Wenn der Troll jedoch 1000 Jahre alt ist, wird sein Schwanz so lang sein wie der Troll groß ist. Aber Letzteres wusste zu diesem Zeitpunkt noch keiner, denn es hatte niemand dieses Alter erreicht.

Bald war der überwiegende Teil der Trolle mit den Messungen und somit den Altersbestimmungen fertig. Zwar gab es hier und da noch einige Unstimmigkeiten, teilweise von herrlichen Balgereien begleitet. War das Chaos am größten, so war auch der Spaß am größten. Ernsthafte Auseinandersetzungen gab es jedoch nie.

Trollen ist die Achtung vor dem Alter angeboren. Nur mit jemandem, der gleich alt ist, treibt man Schabernack.

Als gleich alt gilt jeder, der bis zu 10 Jahre älter ist. Jüngere können natürlich jederzeit jedem Schabernack ausgesetzt sein. Ganz klar, dass sich diese Altersabweichungen an der Schwanzlänge erkennen lassen. Hier ist der Quast am Ende des Schwanzes sehr wichtig. Reicht der Quast um seine eigene Länge über die Gesamtlänge des anderen Schwanzes hinaus, so sind diese 10 Jahre erreicht. Die Körpergröße des Trolls selbst spielt dabei keine nennenswerte Rolle.

Dem Treiben auf dem Hochplateau schaute Allbeert schmunzelnd zu. Für ihn war klar, er ist und bleibt der erste Troll, der jemals gewesen sein wird. Wenn seine Kinder und Kindeskinder geboren sein werden, wird er eines Tages König aller Trolle geworden sein. Und dann kam da ein Troll auf Allbeert zu. Ein Riese für die Trolle des Småfolkes, breitschultrig und mindestens 2 cm größer als Allbeert selbst. „Bis jetzt liege ich vorn. Mein Schwanz ist der längste. Eigentlich brauchen wir gar nicht mehr zu vergleichen. Mir gebührt die Ehre des Ältesten." Etwas herablassend fügte er noch hinzu: „Aber wenn du möchtest, bitte sehr." Dabei hob er das Ende seines Schwanzes an. Ein in der Nähe stehendes Trollmädchen bot sich an, den Vergleich vorzunehmen. Sie hielt die Schwänze nebeneinander und einer war tatsächlich um eine ganze Quastlänge länger als der andere. Sie hielt das längere Schwanzende so hoch wie es nur irgend ging, ohne dem Troll dabei weh zu tun.
Eine leichte Trauer schlich sich bei Allbeert ein. War er doch überzeugt, der erste Troll von allen zu sein. Und jetzt diese Schmach. Die Trollgemeinschaft ihrerseits jubelte. Sie hatten ihn gefunden, den ältesten Troll, der

ihr Anführer und alsbald auch König sein sollte. Erst als sich der breitschultrige Kerl davon machte, wurde sich Allbeert klar darüber, dass es sein eigenes Schwanzende war, das da hoch gehalten wurde und seine Augen begannen zu leuchten. Wer genau hinsah, der konnte auch noch ein oder zwei Freudentränen entdecken. Er ist der erste Troll, der Älteste von allen, ihr Anführer, der oberste Troll.

Um den unterlegenen leicht deprimierten Troll trösten zu können, rief Allbeert ihm sofort hinterher: „Halt, warte, wie heißt du eigentlich?"
Erstaunt und verwirrt drehte dieser sich mit weit aufgerissenem Mund um und stammelte: „Wie ..., wie heißt du? -
Ich bin Troll, das reicht doch."

Alle wurden still und wandten ihre Aufmerksamkeit dem Geschehen um Allbeert zu. Was war das für eine Frage vom ältesten Troll?

Allbeert wurde klar, dass er zu diesem Zeitpunkt der einzige war, der einen Namen trug.

„Ich bin Allbeert", sagte er so laut, dass es alle hören konnten.

Ein leises Raunen und Staunen ging durch die Menge der Trolle: „Wieso hatte der einen Namen? Ist das denn notwendig?"

So begann Allbeert mit seiner ersten Handlung als ihr Anführer und oberster Troll: „So wie ich einen Namen habe, so sollte jeder Troll einen Namen haben. Bisher war jeder von euch ein Troll, einfach nur ein Troll. Ein Leben in der Weite des Waldes, ohne einen Nachbarn, den troll kannte, erforderte nicht unbedingt, einen Namen zu haben. Jetzt aber in der Gemeinschaft müssen wir Unterscheidungsmerkmale finden."

Er wandte sich wieder dem breitschultrigen Troll zu und sagte: „Du sollst als Erster einen Namen bekommen und zwar von mir! Weil du so groß und kräftig bist, aber auch so vorlaut ...", Allbeert fügte schmunzelnd hinzu, „und dabei manchmal etwas rüpelhaft auftrittst, wirst du von jetzt an Haurucki heißen."

Sofort begann ein heilloses Durcheinander, weil alle damit beginnen wollten, Namen füreinander zu suchen. Allbeert musste erneut schmunzeln, dieses Mal über den Eifer der Trolle, und bot seine Hilfe an.

„Jeder sollte nach seiner Art und Fähigkeit einen Namen bekommen", hob er noch einmal besonders hervor.

Die Trolle nicken begeistert und voller Interesse. Und Allbeert sprach weiter: „Jeder Troll war und ist auch heute noch einzigartig. Aber wenn troll sich immer erst etwas ausdenken muss, um einen bestimmten Troll in einer Gruppe anzusprechen und der Angesprochene auch noch von jedem anders benannt wird, ist es nicht so einfach, dass der Angesprochene überhaupt reagiert, da er nicht sicher weiß, dass er gemeint ist. Das leuchtet doch uns allen ein, oder ...?"

Und wieder nicken alle euphorisch, weil sie nicht nur seit heute einen Ältesten und obersten Troll haben, sondern da er auch noch so klug ist und schon am ersten Tag so weise Entscheidungen treffen kann. Allen war in diesem Augenblick sofort klar, ihre Eingebung, dass der, der den längsten Schwanz hat, auch wirklich der Älteste sein muss und demzufolge oberster Troll werden musste, war richtig.

Allbeert fuhr fort: „Namen müssen her! Und so wie ich, Allbeert, zu meinem Namen kam, so werden alle Trolle jeweils zu ihren Namen kommen."

Allbeert erzählte den erstaunten Trollen von seiner Begegnung mit dem Näck. Nach Art der Trolle ließ er natürlich die Dinge beiseite, die ihn nicht in rosigstem Licht darstellten.

„Und weil ich fast alle Beeren kenne, vor allem die gut schmeckenden, einigten wir uns darauf, dass ich Allbeert heißen solle", endete seine Schilderung. Dabei strich er sich, unter dem lauten Gelächter aller, über seinen doch recht ansehnlichen Bauch.

„Das T hängten wir noch hinten an, weil es schöner klingt", fügte er noch hinzu.

„In gleicher Art und Weise solltet ihr vorgehen, um auch eure Namen zu finden."

Jeder erzählte etwas von der Art, wie er den Tag gestaltete, wo er her kam, was er besonders gut konnte und noch vieles mehr, mit dem er meinte, sich charakterisieren zu können. Kaum dass er in seiner Beschreibung endete, in der er sich in den schillerndsten Farben dargestellt hatte, hagelte es Vorschläge. Es waren nicht immer gerade Komplimente der anderen Trolle, wenn sie einen Namen vorschlugen. Gelächter und Spott waren von allen Seiten zu hören. Nichtsdestotrotz, jeder bekam irgendwie einen ihn bezeichnenden Namen verpasst. Die Namen von Gewächsen, Tieren oder Landschaften, Flüssen und Seen, vor allem aber Namen, die besondere Fähigkeiten oder Eigenarten hervorhoben, wurden gegeben. Für das meiste Gelächter sorgten die Namen, die sich auf Aussehensmerkmale bezogen. Dickbacka, Trampelfuß, Riesengurk oder Beulenkopf wurden neben Kugelbauch und Monsterwampe in den verschiedensten Abwandlungen vorgeschlagen. In erster Linie waren das natürlich Ideen für die männlichen Trolle. Bei den Trollinen fielen die Namen im Allgemeinen etwas freundlicher aus. Statt so etwas wie Knubbelnase wurden hier Namen vergeben, die eher schmeichelten, zum Beispiel Kräuternäschen, Schmuse-backe, Wonneproppen und ähnliches. Aber auch hier galt, dass sich vor allem die Namensgebung auf besondere Fähigkeiten bezog. Das hielt die Trolle jedoch nicht davon ab, einer, die ziemlich viel herum krakeelte, trotz ihres Protestes dann aber doch den Namen Krähenkreische zu verpassen. Und den Namen kannte schon nach kürzester Zeit jeder der Trolle, die hier versammelt waren.

An einigen Stellen hatten sich schon nach kurzer Zeit Gruppen gebildet, die mit dem Flötenspiel begonnen hatten und teilweise gar tanzten, denn sie hatten die Namensgebung rasch abgeschlossen. Die Trolle feierten die ganze Nacht durch. Die Nacht des höchsten Standes der Mitternachtssonne war es, als all das geschah.

Bevor am Morgen die Trolle wieder aufbrechen wollten, saßen sie wieder in Gruppen zusammen, um zu frühstücken. Die Trollmädchen hatten Beeren gesammelt, um Sylt zu kochen, eine Art Marmelade, die auch heute noch sowohl von den Trollen als auch von den Menschen in Skandinavien gern gegessen wird.
Die Trolline, die den letzten Schwanzvergleich durchgeführt hatte, nahm sich Allbeerts leeren Honigtopf und füllte ihn mit Beeren. Jetzt saßen sie nebeneinander und genossen gemeinsam den Inhalt. Allbeert schien ihr zu gefallen, aber auch umgekehrt. Sie scherzten und warfen sich gegenseitig Beeren in den Mund. Da sie erst sehr spät angekommen war, genau in dem Moment, als Haurucki sich zu Allbeert drängte und sich keiner Gruppe zugesellt hatte, war sie eine der wenigen, die noch keinen Namen hatten. Deshalb konnte sie auch nicht sagen wie sie heißt, als Allbeert danach fragte. Da sie für die Verhältnisse der Trolle eine recht zierliche Nase hatte, kam von Allbeert die kurze und knappe Reaktion: „Stuppsnas, du heißt Stuppsnas." Dass er sie später, und nicht nur er, nur noch Stuppsi nennen würde, wusste er zu diesem Zeitpunkt natürlich noch nicht.
Nach dem Frühstück machte sich Stuppsnas noch auf die erfolgreiche Suche nach etwas Honig, sowohl für sich als auch für Allbeert. Sie hatte ein Nest wilder Bienen

gefunden, die bereit waren, etwas von ihrem Honig abzugeben. Die ersten Trolle brachen auf. Hier und da bildeten sich kleine Grüppchen, um einen Teil des Weges gemeinsam zu bestreiten. Schließlich gab es auch noch eine ganze Menge über das eine oder andere Erlebnis zu berichten. Troll kannte sich schließlich noch nicht so lange. Irgendwem ließ sich irgendeine Geschichte immer erzählen, in der troll sich glänzend darstellen konnte. Und vor wem sollte troll prahlen, wenn keiner da ist, der zuhören könnte. Vielleicht sogar noch die eine oder andere Balgerei. Da war der Heimweg in einer Gruppe von unschätzbarem Vorteil.

Auch Allbeert und Stuppsnas schlossen sich einer dieser Gruppen an, deren Mitglieder mächtig stolz darauf waren, sie in ihrer Mitte zu haben. Auch Haurucki war dabei. Er grollte zwar noch ein wenig darüber, nicht der älteste aller Trolle zu sein, aber im Grunde seines Herzens war er stolz darauf, dass er nur ihrem neuen Anführer, dem obersten aller Trolle, unterlegen war. Allbeert hatte noch versucht, den Jätte-Troll zu wecken, um ihm nochmals zu danken und sich zu verabschieden. Schließlich hatte er diesem Riesen zu verdanken, dass er rechtzeitig auf dem Plateau eintraf. Wer weiß, wie die Geschichte sonst verlaufen wäre. Aber der Jätte-Troll schlief so tief und fest, dass alle Versuche vergeblich waren. Schmunzelnd ging Allbeert davon, schüttelte den Kopf und murmelte vor sich hin: „Vielleicht versuche ich es noch einmal in ein paar Jahrzehnten, wenn du ausgeschlafen bist."

Am Mittag dieses Tages wies nichts mehr darauf hin, dass die erste Trollversammlung, die jemals stattfand, auf diesem Plateau abgehalten wurde. Nur ein sehr genauer Beobachter konnte erkennen, dass die meisten Büsche nicht mehr so viele Beeren trugen, wie noch vor einigen Tagen. Auf dem Nachhauseweg wurde die Gruppe immer kleiner, weil sich hier und da der eine oder der andere verabschiedete. Zum Schluss blieben nur noch Allbeert, Stuppsnas und Haurucki übrig.

Am Bach, wo der Näck Blupblup lebte, ließen sie sich von ihm übersetzen. Ein kleines Floß aus abgestorbenen Blaubeerbüschen, das schnell gebaut war, erfüllte hier gute Dienste. Zu viert verbrachten sie am anderen Ufer noch einen gemeinsamen Abend und plauderten bis tief in die Nacht hinein. Dabei wurde das Blaubeerfloß jetzt dazu genutzt, ein wärmendes Feuer zu entfachen. Blupblup hielt natürlich respektvoll Abstand. Als normalerweise im Wasser lebender Näck war ihm das Feuer natürlich viel zu warm und außerdem sehr suspekt.

Am nächsten Morgen trennten sich ihre Wege, nicht aber ohne dem anderen jeweils eine Wegbeschreibung zu ihrem Zuhause zu geben. Allbeert prägte sich den Weg zu Stuppsnas besonders gut ein. Denn in den nächsten Jahren würde er diesen Weg bestimmt häufiger gehen. Aber auch Haurucki sollte bald zum engeren Kreis der Freunde gehören.

Noch heute treffen sich die Trolle in den Fjällen, so heißt das Gebirge, um diesen Tag zu feiern. Sie feiern und erzählen die alten Geschichten. Wie es damals war, als Allbeert, der erste und älteste Troll, ihr Anführer wurde und wie ihre Urahnen zu ihren Namen kamen. Und sie sind stolz darauf, von dem Einen oder Anderen abzustammen.

Wenn man zu Mittsommer an der richtigen Stelle hoch oben im Norden, dort wo die Sonne im Sommer auch nachts scheint, unterwegs ist und die Ohren spitzt, kann man die Flöten der Trolle und auch deren Gelächter hören. Man muss nur eins, fest daran glauben.

Die Gemeinschaft der Trolle

Nach dem ersten großen Treffen der Trolle wurde ihnen klar: Das, was bisher einzelne Trolle waren, überzeugt nur von sich selbst, war eine ganze Population. Ein Haufen Schabernack treibender Individualisten, die durch die Wälder des Nordens trollten.

Einige hatten sich in der Zeit, bevor sie sich zum ersten Treffen auf dem Plateau versammelt hatten, schon spezielle Kenntnisse aneignen können. Bei der Namensvergabe flossen diese dann häufig in ihre Namen mit ein. Keiner hatte dabei darüber nachgedacht, dass sich daraus auch Vorteile für alle anderen Trolle ergeben würden.

Troll hatte einen Namen und konnte jetzt persönlich angesprochen werden und für alle Mittrolle, die bisher zu dem einen oder anderen Troll noch keinen Kontakt hatten, ergaben sich bei der gegenseitigen Vorstellung, allein durch die Namensnennung, Informationen über sein Gegenüber. Wurde nicht gerade ein Aussehensmerkmal oder seine Herkunft im Namen hervorgehoben, so wusste troll sofort über dessen besondere Fähigkeiten Bescheid.

Schon kurz nach der Rückkehr vom ersten Mittsommertreffen erinnerte sich, wenn ein schier unlösbares Problem auftrat, so mancher Troll daran. Nach kurzem Grübeln fiel ihm dann auch wieder ein, da war doch einer, der hieß ... Da der Troll jetzt auch wusste, dass er einen Nachbarn hatte und wo dieser lebte, machte er sich also auf den Weg dorthin, um sein Problem zu erörtern und nach dem Fachtroll mit dem entsprechenden Namen zu fragen. Meist dachte troll sich bei dieser Gelegenheit auch noch einen Streich aus, den er, gemeinsam mit seinem Nachbarn, irgendeinem Zeitgenossen spielen könne. Diese Besuche brachten zwar nicht immer den gewünschten Erfolg, halfen aber meist irgendwie weiter.

„Ich kenne da einen, der kennt einen, der dir weiterhelfen kann", war eine häufige Antwort.

Die Trolle begannen Kontakte zu pflegen und gegenseitige Besuche nahmen zu, auch ohne unbedingt um Hilfe bitten zu wollen.

So mancher Besuch hatte aber auch nur eine vorgeschobene Hilfebedürftigkeit. Das war vor allem dann der Fall, wenn es sich bei dem aufgesuchten Troll um einen des anderen Geschlechtes handelte. Trolle, die zuvor Jahrzehnte allein lebten und in der Lage waren, die Dinge des Trollalltages hervorragend zu bewältigen, brauchten jetzt hin und wieder doch den fachtrolligen Rat zu riesigen Problemen im Haushalt. Da musste unbedingt eine Trolline um Rat gefragt werden oder noch besser, troll ließ es sich im eigenen Heim zeigen, wie er dies oder das zu erledigen hätte. Handelte es sich um Arbeiten, die Kraft beanspruchten, war es an der Trolline, einen männlichen Troll um Hilfe zu bitten. Der Dank war im letzteren Fall meist ein hervorragendes Gericht aus Beeren oder Kräutern. Auch eine Pilzpfanne war da nicht ohne entsprechende Wirkung. Nein, nein, hier ist nicht von Giftmischerinnen die Rede. Obwohl, vielleicht hat doch so manche ein Liebeselexier mit untergemischt. Die Trolle kamen einander näher.

Auch was in früheren Zeiten noch ein Rätsel war, löste sich jetzt von selbst auf. Sträucher von Blaubeeren oder Preiselbeeren, an denen ein Ast abgeknickt war, wurde jetzt als klares Zeichen erkannt: „Hier ist ein Troll vorbeigekommen!"

Bisher wurden die Achseln gezuckt, der Kopf geschüttelt oder sonst wie reagiert. Jetzt aber hielt troll Ausschau, vielleicht, um dem anderen einen Schabernack zu spielen, der mit einer zünftigen Balgerei und anschließendem Gelächter enden würde, oder aber um ein Schwätzchen zu halten und herrlich trollich prahlen zu können.

Ab und an wurden sogar schon die ersten Feste gefeiert, zu denen besonders kontaktfreudige Trolle ihre Nachbarn und Freunde einluden. Die Trollinen brachten Selbstgebackenes mit. Eine Sache, die gar nicht so einfach war, denn das Mehl bildete hier ein Problem. Die Waldrandtrolle mussten es besorgen oder besser gesagt finden, in dem sie spät abends die Mühlen der Menschen aufsuchten und vom dort vergessenen Mehl einiges mitnahmen. Durch viele Trollhände weitergereicht, gelangte das Mehl so bis in die tiefsten Winkel der Wälder.

Überhaupt waren die Waldrandtrolle ein ganz besonderer Trollschlag. Sie waren robust und kräftig, ähnlich wie Haurucki, der einer der ihren war. Einige bauten einen regelrechten Handel auf. Im Allgemeinen sind die Trolle immer sehr hilfsbereit. Hilft ein Troll dem anderen, so erwartet er absolut keine Gegenleistung, auch dann nicht, wenn es etwas zu besorgen galt und troll selbst nicht die notwendigen Beziehungen hatte. Diesen Wesenszug haben selbstverständlich auch die Waldrandtrolle. Nur wenn es sich um Besorgungen handelt, bei denen das Aufsuchen der Menschen erforderlich ist, erwarten sie ein Tauschobjekt. Am liebsten nehmen sie selbstverständlich die Dinge, die aus den Tiefen der Wälder stammen.

Spezielle Beeren, Kräuter oder Pilze sind da, selbst bis heute, immer sehr willkommen. Keiner der beiden Handelspartner käme jedoch auf den Gedanken einer genauen Abwägung des Wertes. Wichtig ist nur zu zeigen, dass troll nicht undankbar ist und sich Gedanken darüber gemacht hat, was so ein Waldrandtroll aus der Tiefe des Waldes ansonsten entbehren müsste oder nur durch tagelange Wanderungen erreichen könnte.

Die wichtigsten Feste aber sind Mittsommer, hier versammeln sich alle Trolle, und Mittwinter, wo sich nur die männlichen erwachsenen Trolle versammeln, damit die Kinder und Mütter nicht in die eisigen Winter des Nordens hinaus müssen. Aber noch gab es keine Kinder und somit auch keine Mütter, denn die Trolle standen ja erst am Anfang der Entwicklung einer Gesellschaft. Es sollte noch ein paar Jahrzehnte dauern.

Zu jedem Mittsommer wurde die Wiederkehr der ersten großen Trollversammlung gefeiert. Und schon beim ersten Mittsommerfest nach der Trollversammlung kamen die Trolle nicht mehr einzeln, sondern in kleinen Gruppen. Auch war die Freude groß, den Einen oder Anderen wiederzusehen, besonders wenn troll an dessen Namensgebung beteiligt war. Es ergab sich auch, dass hier so mancher verschämte Blick zwischen Troll und Trolline ausgetauscht oder gar Verabredungen getroffen wurden.

Kleine Streitereien, die sich zwischen zwei oder mehreren Trollen, allen guten Versuchen der Beteiligten zum Trotz, im Laufe des vergangenen Jahres als unlösbar ergaben, wurden hier älteren Trollen vorgetragen. Die Beurteilung eines älteren Trolls hatte sehr großes Gewicht und brachte im Allgemeinen eine für alle Trolle zufriedenstellende Regelung. Nur wenn dieser Versuch scheiterte, wandte troll sich an Allbeert, den Obersten aller Trolle. Für jeden war schon seit dem Zeitpunkt, als Allbeert sich als der älteste aller Trolle herausstellte, klar, sein Wort gilt. Kein Troll würde sich je einem anderen beugen oder sich einem anderen unterwerfen. Jedem Troll steht es frei, zu tun und zu lassen was er will, solange er damit nicht der Trollgemeinschaft schadet. Nur deshalb ist das Wort von Allbeert für alle wie ein Gesetz. Streit in der Gemeinschaft schadet der Gemeinschaft. Deshalb ist alles gut und richtig, was dazu beiträgt, einen Streit zu schlichten. Droht eine Gefahr von außen, stehen alle Trolle zusammen wie ein Mann. Auch in diesen Fällen zählt, wenn auch meist erst nach längerem Palavern, was die ältesten sagen. Das letzte Wort liegt aber letztendlich bei Allbeert, der sich jedoch immer gern beraten ließ.

So folgte Mittsommer um Mittsommer. Die Trolle sahen sich jetzt schon als Ganzes. Trotz der individuellen Lebensweisen hört man jetzt sehr oft: „Wir ...“

So wie sich Allbeert immer häufiger auf den Weg zu seiner angebeteten Trolline Stuppsnas machte, waren auch andere Trolle auf Freiersfüßen. Und nach ein paar Jahren zog hier und da auch schon mal ein Trollpaar zusammen. Meist war es so, dass der Troll seinen Hausrat zusammenpackte und in die im Allgemeinen besser geordnete Unterkunft der Trolline zog. Die alte Junggesellenbude wurde aber oft noch so weit in Schuss gehalten, dass sie für kleine Ausflüge oder zur Flucht aus dem Ehealltag allemal ausreichen würde.

Jeweils zum Mittsommertreffen erklärten sich die beiden in der Gruppe, mit der sie üblicherweise zusammen feierten. Fluchs stürzte sich dann die ganze Gruppe auf sie, ein Davonlaufen oder sich wehren half in solchen Fällen absolut nichts. Eine allseits beliebte Balgerei nahm ihren Anfang, an dessen Ende die aus Trollsicht jung Verheirateten an ihren Schwänzen zusammengebunden wurden und dies auch bis zum Antritt der Heimreise blieben. Schließlich konnte jetzt ja keiner mehr frei entscheiden, ohne dass der Andere nicht davon betroffen wäre. Das sollten sie während des Festes lernen. Anschließend wurden beide noch zu Allbeert begleitet, der ihre Erklärung, dass sie nunmehr zusammen leben wollen, mit ein paar guten Ratschlägen entgegennahm.

Auf dem Weg dorthin konnten alle Trolle die zusammengebundenen Schwänze sehen und wussten, was hier vor sich ging. Neben aufmunternden Worten und Glückwünschen war hier und da von besonders eisernen Junggesellen auch Spott und Ironie zu hören. Aber genau wie bei den Menschen wurden diese Zurufe nicht sonderlich ernst genommen und zumindest nach außen hin ignoriert. Wegen der zusammengebundenen Schwänze konnte der Bräutigam sich ja auch nur verbal wehren. Eine Rauferei war nicht möglich. Ihm blieb höchstens das Zuschauen, wenn ein Freund für ihn Partei ergriff. Da die Spötter immer die gleichen waren, fand sich meist auch ein solcher Freund, nämlich einer, dem es im Vorjahr ähnlich erging und der nun die Chance sah, sich für diese Schmach auf seine Art zu bedanken.

In den letzten Jahren saß Stuppsnas immer neben Allbeert. Es wurde Zeit, dass auch ihr Allbeert mal etwas sagen würde. Es war mal wieder so weit, dass sich ein Pärchen zu Allbeert aufmachte und das, jetzt schon allen bekannte Ritual seinen üblichen Gang nahm. Allbeert gab wie in den letzten Jahren schon so oft seine Ratschläge und fügte ein paar aufmunternde Worte hinzu. Dann drehte er sich zur Seite und schaute Stuppsnas tief in ihre kugelrunden Augen. Allbeert musste etwas hüsteln, ehe er hervorbrachte: „Wollen wir auch?"

Ein breites Lächeln, bei dem die Mundwinkel fast die Ohren trafen, begleitet von einem Kopfnicken, das fast nicht enden wollte, war ihre Reaktion. Dabei schrie sie noch ein lautes „Ja!" hinaus.

Die Trolle erstarrten fast zu Stein, was war los? Die Stille wirkte gespenstig. Jedoch, als Allbeert sich dann erhob, brach ein tosender Sturm der Begeisterung und Freude los. Die Trolle tanzten wie wild und ihre Flöten schienen einander übertönen zu wollen. Allbeerts Erklärung, dass er und Stuppsnas zusammen leben würden, war in diesem Gewirr aus Trollstimmen nur von den am nächsten Stehenden zu verstehen.

Trotzdem, allen war klar, was hier vorging. Aber wie verhält troll sich, wenn der Oberste aller Trolle, ein Troll, der wesentlich älter ist als troll selbst, so etwas erklärt? Das Zögern verwirrte jetzt seinerseits Allbeert: „Was ist los mit euch, ich bin doch auch nur ein Troll, wenn auch ein wenig älter." Das hätte er lieber nicht sagen sollen, denn schon stürzten sich alle Trolle auf ihn und Stuppsnas. Haurucki war der Erste, denn er stand neben ihr. Hätte er nicht mit seinem Körper eine Brücke über sie gebaut, sie wäre wahrscheinlich erdrückt worden. Der grölende

Haufen übereinander liegender, sich balgender Trolle, der sich jetzt gebildet hatte, versuchte hier zwei Schwänze zusammen zu binden. Der dabei entstehende Lärm weckte sogar den in der Nähe und seit Jahrzehnten schlafenden Jätte-Troll. Als der nun dieses Bündel von Trollen sah, bei dem jeder versuchte, sich nach unten durchzuarbeiten, wollte er natürlich auch wissen, was da Interessantes zu sehen ist. Einer nach dem anderen wurde von seiner riesigen Hand herunter genommen und behutsam zur Seite gesetzt. Aber alle rannten sofort wieder zurück, um sich erneut ins Gewühl zu stürzen. Auf seine Frage, was denn hier los sei, antwortete einer: „Allbeert und Stuppsnas haben geheiratet!"
Sein donnerndes Gelächter ließ dann doch die Trolle auseinander stieben.

Das zweite Mal in seinem Leben kam jetzt diese riesige Nase auf Allbeert zu. Aber das kannte er ja jetzt schon und er wusste sofort wer da war. Noch bevor der Jätte-Troll als Erster seine Glückwünsche aussprechen konnte, umklammerte Allbeert dessen Nase vor Freude. Dann drückte er sie zur Seite, in Richtung Stuppsnas. „Das ist ab heute meine Frau."

Der Jätte-Troll stupste sie mit seiner Nase leicht an. Prompt purzelte sie rücklings auf den Boden. Wäre nicht ihr Schwanz mit dem von Allbeert verbunden gewesen, sie wäre sicher einen ganzen Meter weit nach hinten gerollt. Troll sei Dank löste sich alles in Gelächter auf und keiner war dem Jätte-Troll böse, der dieses Mal auch mit feierte.

Mit Flötenspiel und Tanz, hitzigen Debatten und Prahlereien wurde dieser Mittsommer noch ausgelassener gefeiert, als es sonst üblich war.

Ein paar Jahrzehnte später waren dann sogar schon die ersten Trollkinder zu sehen. Eine Gemeinschaft war entstanden mit Erwachsenen und Kindern. Nach ca. 120 Jahren gab es gar die ersten Kindes-Kinder und Allbeert, der Oberste aller Trolle, sollte auf Anregung von Haurucki gar zum König der Trolle ernannt werden. Aber Allbeert lehnte es lächelnd ab: „Später vielleicht." So sollte es auch kommen. Stuppsnas hatte sich inzwischen angewöhnt, wenn sie eine strenge Entscheidung von Allbeert etwas abmildern wollte, ihn leicht mit dem Schwanz anzustupsen. Nicht nur, dass sie damit meist Erfolg hatte, nein, es führte sogar dazu, dass die Trolle sie hinter vorgehaltener Hand nur noch Stuppsi nannten. Das passte nicht nur zu ihrer neuen Angewohnheit, sondern war auch eine Verniedlichung ihres richtigen Namens. Allbeert musste immer schmunzeln, wenn Trolle in seiner Nähe sich grinsend und hinter vorgehaltener Hand etwas zuflüsterten und dabei zu Stuppsnas hinüber schielten. Er hatte das schon längst mitbekommen, wie seine Trolline, hoch oben im Norden, dort, wo im Sommer die Sonne sogar in der Nacht scheint, von den meisten genannt wurde. Zu Hause nannte er sie selbst Stuppsi.

Der Winterschlaf

Wohl jedem macht es Spaß, im Winter, wenn frischer Schnee gefallen ist, durch den Wald zu streifen und zu versuchen, die Spuren der Tiere im Neuschnee zu erkennen. Hier und da erkennt man einen Hasen, ein Reh, den Hund vom Nachbarn oder weit im Norden einen Wolf, einen Bär oder Elch, oft findet man auch Spuren, die man nicht zuordnen kann. Niemals aber findet man Abdrücke von kleinen nackten Füßen, die denen eines Kindes ähneln, die Fußspuren der Trolle. Das kann mehrere Gründe haben. Einer wäre vielleicht, dass die Trolle aus den Füßen der Tiere Stiefel für sich selbst machten? Nein, das ist unmöglich, denn abgesehen davon, dass Trolle keinem Tier etwas zu leide tun, müssten sie noch deren Gang imitieren, ein Aufwand, den ein Troll niemals treiben würde. Hinzu kommt noch, dass die Trolle mit den meisten Tieren befreundet sind, allein schon deshalb, um sich über die besten Futterplätze oder gar Schätze austauschen zu können. Was aber ist der Grund für das Fehlen der Spuren?

Eigentlich gib es dafür nur eine Erklärung: Die Trolle halten Winterschlaf! Die Vorbereitungen beginnen bereits im Herbst, das Winterlager muss eingerichtet werden. Aber schon diese sind für die Trolle gar nicht so einfach. Können sie selbst, wie jeder weiß, einschließlich ihrer Kleidung, nach dem Aufbrechen der Borke durch das Holz in den Wurzelbereich des Baumes und somit in ihre Unterkunft schlüpfen, so gilt dies natürlich nicht für alles andere, was so ein Troll in seiner Höhle braucht. Ein Winter kann lang und kalt sein, deshalb muss eine

Trollhöhle entsprechend eingerichtet sein. Beim Beziehen seiner Höhle, in der er meist mehrere Jahrzehnte lebt, schafft er einen Eingang für die sperrigen Dinge, die ein Troll fürs tägliche Leben so braucht. Man könnte fast sagen für seinen Hausrat. In erster Linie also fürs Bett und den Honigtopf und natürlich die Grundausstattung, für seinen Schatz, die Truhen und Regale fürs Gold und Silber, gegebenenfalls auch seinen „Trollleuchter". Dieser Eingang aber wird von ihm wieder zugeschüttet, bis auf eine kleine Öffnung für Schätze, wie Gold und Silber und manchmal auch Edelsteine, wenn er sie nicht in seine Taschen stopften kann, um damit durch den Baum und die Wurzeln in seine Höhle zu fahren. Gern pflanzt er darauf einen Strauch mit Preiselbeeren oder Blaubeeren. Auch Pilze leisten hier gute Dienste. Dies hat nicht nur den Vorteil, dass man die Stelle nicht sieht, nein, man kann sich auch gleich neben seiner Wohnung den Bauch voll schlagen. Einen kleinen Nachteil hat diese Art der Bepflanzung aber leider auch, Menschen werden dadurch angelockt, was natürlich nicht in seinem Interesse ist. Sicher hat wohl jeder schon in der Nähe von großen Pilzen Löcher im Boden gesehen, die er ganz klar als Mäuselöcher zu identifizieren glaubte. Vielleicht, vielleicht aber auch nicht ..., aber, sein könnte es trotzdem, dass ein Troll hinter solch einem Loch sein Zuhause hat.

Aber nun zu seinen Problemen, dem Herunterbringen von Moos. Um eine Höhle winterschlaftauglich zu machen, muss sie tief genug sein und je nach Gegend, zum Beispiel nördlich des Polarkreises, wo der über-wiegende Teil der Trolle lebt, sogar bis zu 2 Meter tief. Vor allem muss dieses Winterquartier komplett mit Moos ausgefüttert sein und das muss erst mal nach unten. Die

Restöffnung für seine Schätze ist meist sehr eng, zudem steht noch der ein oder andere Pilz, vielleicht sogar ein Beerenstrauch, im Wege. Er selbst käme niemals dort hindurch, was ja eigentlich auch nicht nötig ist. Das Moos ließe sich zwar in die Öffnung pressen, aber wie lässt es sich durch einen so langen Kanal ziehen? Wir haben es hier mit der einzigen Situation im Leben der Trolle zu tun, in der sie fremde Hilfe in Anspruch nehmen müssen. Es wäre zwar möglich, den anfänglichen Eingang komplett wieder zu öffnen. Das aber wäre eine auf-wendige und mühsame Angelegenheit, die er jedes Jahr wiederholen müsste. Jeder Troll weiß, die beste Arbeit ist die, die man vermeiden kann oder andere für einen erledigen. Es sei denn, der Schatz ließe sich vergrößern. Jetzt ist die Freundschaft zu den Tieren des Waldes gefragt. Eine Maus muss her, um zu helfen. Eine Maus zu finden und anzusprechen ist das eine, sie zu überzeugen, eine Arbeit zu übernehmen, das andere. Mäuse denken, was die Arbeit betrifft, nicht sehr viel anders als die Trolle. Wobei sie jedoch mehr an Futter oder einer Fluchtmöglichkeit vor Füchsen als an Schätzen interessiert sind. Genau hier ist auch der Punkt, wo eine Übereinkunft zu finden wäre. Kein Fuchs der Welt käme auf den Gedanken, eine Trollhöhle auszubuddeln, selbst dann nicht, wenn sie sehr verdächtig nach Maus riecht. Eine einfache und auch zweckmäßige Koalition wird geschlossen, denn durch diese Zweckentfremdung durch die Maus wird der Schatzkanal immer frei gehalten, was selbstverständlich auch im Interesse des Trolls ist. Hat jedoch die Maus schon genügend Fluchtlöcher, hilft nur noch der Weg übers Futter. Käse muss her.

Wie kommt ein Troll nun an Käse? Er muss in die Nähe des Menschen. Aber selbst dieses gefährliche Unterfangen ist ihm lieber, als selbst zu buddeln, außerdem handelt es sich doch um eine ähnliche Vorgehensweise wie beim Schätze sammeln und kann als kleine Trainingsübung betrachtet werden. Aber leider funktioniert so etwas nur da, wo auch eine Ansiedlung in der Nähe ist. Ist dies nicht der Fall, bleibt dem Ärmsten nur die Buddelei. Öffnen, Moos nach unten bringen und wieder verschließen des alten Eingangs sowie eine Neubepflanzung im Frühjahr. In der heutigen Zeit, wo jeder Mensch einen Kühlschrank hat, ist der Troll weit häufiger am Graben, als das noch vor hundert Jahren der Fall war. Früher hatte man noch alle Lebensmittel in einer Vorratskammer und die meisten Menschen, zumindest in der Gegend, wo auch die Trolle anzutreffen sind, lebten in Holzhäusern. Holz ist wie wir ja wissen kein Hindernis für einen Troll. Nur die Farbe auf dem Holz ist etwas lästig. Ist im Bereich der Vorratskammer die Farbe stärker abgeblättert als an anderen Stellen des Hauses, so konnte man daraus schließen: Hier war ein Troll. Hineinkommen war also nicht das Problem, störte der Anstrich, half oft ein Rattenloch, und mit dem Käse herauszukommen, ist nur eine Frage von Käsegewicht und Schnelligkeit. Niemals hat man je davon gehört, dass ein Troll beim Käsestiebitzen gesehen worden wäre. Was jedoch hinreichend bekannt ist, ist eine gewisse Käseschrumpfung im Herbst. Meist wurde dies jedoch zu Unrecht auf die Mäuse geschoben, obwohl diese im Endeffekt die Nutznießer waren, und von den Menschen als natürlich hingenommen. Während die Maus nun genüsslich am Käse nagte oder gar deren ganze Familie, was nur eine Frage des Verhandlungsgeschickes der Maus war, sammelte der Troll lange feste Grashalme. Das Moos wird nun in kleine handliche Päckchen, auch Moosbällchen genannt, die durchs Loch passen müssen, zusammengeschnürt. Die einzelnen Päckchen, bis auf eines, werden miteinander verbunden und an einem Ende einer Art Grashalmseil angebracht, das bis in die Höhle reichen musste. Der Troll ist gezwungen, die richtige Päckchenmenge abzuschätzen, denn sowohl zu wenig als auch zu viel können problematisch werden. Jetzt ist die Maus an der Reihe, ihren Teil beizusteuern. Das Grasseilende muss nach unten in die Behausung gebracht werden. Ein Leichtes für die Maus. Lebt der Troll in einer Familie oder gar Großfamilie, so ist alles Weitere ein Kinderspiel, denn durch den Schatzkanal müssen alle Moosbällchen wie an einer Perlenkette nach unten gezogen werden. Je größer die Familie, umso mehr Perlen. Ein Trollfamilienmitglied steht oben und sorgt dafür, dass die einzelnen Perlen, d. h. Moosbällchen, sauber in das Loch gezogen werden. Ein zweiter Troll achtet darauf, dass der Einfädelnde seinen Schwanz nicht zwischen Lochwand und Moosbällchen einklemmt. Sollte das passieren, rast der Beobachtungstroll sofort durch den Baum nach unten, um Bescheid zu geben, wobei er natürlich auf die Borke achten muss. So mancher hat sich in seiner Panik dabei schon den Kopf gestoßen. Es muss also nicht immer Holzeinschlag sein, wenn ein plötzliches dumpfes Geräusch im Herbst durch den Wald schallt. Wird jetzt am unteren Ende zu fest gezogen, wenn ein Bällchen klemmt, könnte die „Perlenkette" reißen und alles wäre umsonst gewesen. Zwar reicht es meist, um den

Eingeklemmten zu befreien, aber ein Zurückziehen nach oben ist nur sehr selten möglich. Jetzt müsste gebuddelt werden und das genau war es, was es zu verhindern galt. Sind die Trolle nur zu zweit, so muss die Maus ziehen. Lebt unser Troll gar allein, so muss er mit dem Risiko leben. Da er kräftiger als die Maus ist, kann er zwar seinen Schwanz wieder herausziehen, aber die Bällchen werden sich verklemmen und das Seil wird reißen. Buddeln ist angesagt. Da Trolle aber außer Löffel und Messer keinerlei Werkzeug haben, kann er demzufolge nur mit den Händen graben, bis zu zwei Meter tief. Denn seinen Löffel benutzt er ausschließlich für seinen Honig oder eine Suppe, also nimmt er ihn nicht zu Hilfe. Die Maus muss nun so lange warten, da ihr Rückweg versperrt ist. Würde sie von unten anfangen zu buddeln, fiele die ganze Erde in die Höhle.

Das letzte Moosbällchen, was nicht mit den anderen verbunden war und oben zurück blieb, wird später die Öffnung verschließen. Wenn die Maus wieder oben ist, hat sie ihre Aufgabe erfüllt.

Der Troll nutzt die Zeit der letzten Herbsttage, um sich den Wanst voll zu futtern, mit allem, was der Wald an Leckereien bietet. Keine Beere und kein Pilz sind nun vor ihm sicher. Schließlich gilt es, den Winter ohne viel zu essen zu überstehen. Was Trolle sonst niemals machen würden, ist jetzt notwendig. Der Honigtopf muss wohl gefüllt sein und wenn's ganz hart kommt und der Winter zu lange dauert, müssen ein paar Vorräte vorhanden sein. Nichts kann einen Troll griesgrämiger machen, als im Frühjahr mit Hunger aufzuwachen. Für den Notfall sammelt unser Troll ein paar Tannen- und Kiefernzapfen. Insgeheim hofft er aber, nicht von ihnen essen zu müssen, denn das ist im wahrsten Sinne des Wortes ein „hartes Brot".

Am Polarkreis, dem Hauptsiedlungsgebiet der Trolle, werden die Nächte im Herbst immer länger und noch weiter im Norden herrscht im Winter sogar Dunkelheit bis zum nächsten Frühling. Wenn auch tagsüber die ersten Fröste kommen oder aber die lange Nacht beginnt, ist es Zeit für den Winterschlaf. Mit dem übriggebliebenen Moosbällchen verschließt er den Schatzkanal. In der Behausungshöhle sind jetzt die letzten Aktivitäten des Jahres zu erledigen. Die Moosbällchen werden in der Schlafhöhle ausgerollt. Da sie wieder ihre ursprüngliche

Größe ein nehmen werden, sind sie jetzt dreimal so groß. Je weiter die Arbeit fortschreitet, umso enger wird es in der Höhle. Schließlich, wenn alles ausgewickelt ist, passt der Troll kaum noch in seine eigene Behausung. Genau das aber will er erreichen, denn nur so wird es angenehm warm bleiben. Ist es zu wenig Moos, wird er frieren, bei zu viel wird es zu eng. Nach getaner Arbeit wird er sich schlafen legen.

Nur um die Mittwinterzeit, also kurz vor Weihnachten, wird unser Troll noch einmal wach, um sich den Bauch mit Honig zu füllen und um am großen Trolltreffen teilzunehmen – dem Fest der Winterstürme. Danach wird weiter geschlafen, um dann im Frühjahr endgültig durch das Geläut der Schneeglöckchen geweckt zu werden.

Wenn nun im Frühling, hoch oben im Norden, dort, wo im Sommer die Sonne sogar in der Nacht scheint, am Fuß von großen, alten Bäumen, an denen die Borke ganz weit unten aufgebrochen ist, kleine trockene Moosstückchen herumliegen ...

Das Nordlicht

Mittsommer (21.Juni.) ist ein Fest, das wohl jedem Skandinavienkenner ein Begriff ist. Nicht nur die Reklame schwedischer Möbelhäuser, sondern viel mehr die Ausgelassenheit der Bewohner des nördlichen Europas, ihre Ess- und Trinkgewohnheiten und vor allem ihre Lieder zu diesem Fest lassen auf eine uralte Tradition schließen.

Nur wenige wissen, dass Weihnachten (genauer gesagt der 21.12.) eigentlich das Gegenstück dazu ist: Mittwinter. Beides sind Feste, die selbstverständlich auch außerhalb der menschlichen Siedlungen gefeiert werden. Im Verborgenen, an für uns Menschen nicht erreichbaren Orten, geht Sonderbares vor. Feen, Elfen, Schrate und wie sie noch alle heißen, die Wesen, die wir nur aus den alten Märchen und Geschichten kennen, Geisterwesen, sie alle feiern mit. Und das wichtigste Fest für alle ist der Mittsommer, weit wichtiger als der Mittwinter. Mit einer Ausnahme! Die Trolle sind es, die hier aus der Reihe tanzen. Aber wen wundert das? Sie lieben doch den Sturm mehr als alle anderen Wesen des Waldes. Wenn es eisig aus dem Norden weht und der Wind Schnee und Eis vor sich her treibt, dann ist es so weit im Reich der Trolle. Alle machen sich auf, um das Fest der Feste zu feiern: Das Fest der Winterstürme am Mittwinterabend!

Ein Raunen geht durch den Wald: „Es ist wieder so weit!" – „Die Trolle sammeln sich."

Der Wind verstummt und im Zwielicht des kürzesten Tages, dem 21. Dezember, irgendwo auf einem Felsplateau am Polarkreis, ist der leise Ton einer Flöte zu hören.

Eigentlich ist es mehr ein Ahnen oder die Ahnung, es könnte sein, dass da bald eine Flöte zu hören ist. Der Widerschein glitzernder Schneekristalle zeugt von immer größer werdenden Prozessionen leuchtender Punkte. Es sind die Trolle, die sich in einer immer größer werdenden Zahl versammeln.

Schon Tage vorher verließen die ersten von ihnen ihre kuschelig warm ausgepolsterten Behausungen, um sich auf den Weg zu machen, mag er noch so beschwerlich sein. Keiner würde diesen Anlass verschlafen.

Auch in dieser eisigen Kälte laufen die Trolle, genauso wie im Sommer, meist barfuß.

Teilweise trafen sie sich mit ihren Nachbarn, um gemeinsam zu ziehen, in einer immer größer werdenden Prozession. Nur die Jüngsten, also solche, die noch keine 50 Jahre alt waren, und die Mütter blieben in ihren Höhlen zurück und dösten vor sich hin, um auf die Rückkehr der Festteilnehmer zu warten.

Die Trolle ziehen nicht immer den kürzesten Weg vor, sondern benutzten auch häufig die ausgetrampelten Pfade der Tiere. Manchmal aber bleibt den Trollen nichts anderes übrig, als einfach unter der dicken Schneedecke, mitten durch den Schnee hindurch, zu marschieren. Es entstehen dadurch regelrechte Tunnel, die, wenn das Wetter mitspielt, auf dem Rückweg wieder genutzt werden können. Hin und wieder können sie auch umgefallene Bäume nutzen, um der Länge nach durch sie hindurch zu laufen. Das ist natürlich nur dann möglich, wenn diese nicht gerade bis in den Kern gefroren sind. Das ist im Siedlungsgebiet der Trolle, jenseits des Polarkreises, ohne Weiteres denkbar. Wie wir alle wissen, wäre das Holz allein kein Hindernis für einen Troll, solange er nicht die Borke durchbrechen muss, ein Aufwand, der nicht unbedingt sein muss.

Das Wichtigste, oder besser gesagt, die wichtigsten Utensilien, hat jeder dabei, seine Flöte und den Trollleuchter. Die Flöte natürlich nur der, der sie beherrscht. Einen Leuchter aber hat jeder Troll-Haushaltsvorstand. Für menschliche Begriffe ein etwas unförmiges, aber nichtsdestotrotz sehr zweckmäßiges Gebilde mit 6 Kerzen. Selbstverständlich ist der Leuchter aus Gold und teilweise mit Edelsteinen besetzt. Trolle sind sehr stolz auf ihren „Familienleuchter" und achten darauf, dass dieser in seiner Aufmachung einzigartig ist. Jeder Troll kennt ‚jedertrolls' Trollleuchter, denn dieser ist eindeutig auf Grund der Form und der Verzierung zuzuordnen. Die Anordnung der Kerzen ist wie die eines sechsarmigen Leuchters, von dem ein Kerzenhalter abgebrochen ist. Als Ausgleich ist dafür jedoch zusätzlich eine Kerze im Zentrum. An der Seite, wo dem Leuchter der vermeintliche Arm fehlt, wird er festgehalten. Diese besondere Ausführung des Leuchters sowie die Art ihn zu halten hatte den Vorteil, dass die Trolle sich nicht den Ärmel mit Wachs bekleckern. Noch eine Besonderheit ist diesem Leuchter zu Eigen. Er wird nur zur Schatzsuche und zum Fest der Winterstürme eingesetzt. Zu besonderen Anlässen, wie Trollgeburten oder ähnliche Familienfeste, wird auf sein Licht natürlich auch nicht verzichtet. Die Kerzen mochten zwar reichlich kleckern, aber brennen niemals ab und die Flammen trotzen jedem Sturm. Letzteres ist für das Fest der Winterstürme, das es jetzt zu feiern gilt, natürlich besonders wichtig. Dass die Trolle ihren und nur ihren eigenen Leuchter auf ihren Wegen durch das Holz mitnehmen können und die

Flamme das Holz nicht entzündet, ist eine weitere Besonderheit. Selbst bei der Schatzsuche erweist sich der Trollleuchter als vorteilhaft, denn er schafft es, Gold so zum Blitzen und Glitzern zu bringen, dass es noch durch meterdicke Mauern zu erkennen ist. Und das alles, obwohl seine Leuchtkraft eigentlich nur gering ist.

Nach und nach treffen die Trolle in großen und kleinen Gruppen am Festplatz ein. Ein riesiger Kreis bildet sich aus Hunderten oder gar Tausenden von Trollen. Das anfängliche Glitzern und Funkeln auf dem Fels wird jetzt zu einem strahlend goldenen Leuchten. Auf Grund der Fähigkeit eines jeden Trollleuchters, das Gold des Nachbarleuchters zu seiner rechten und linken und gegebenenfalls auch vor und hinter ihm zum Aufleuchten zu bringen, entsteht ein einmaliges Lichtspiel. Dieses Licht wird aber auch von den verschiedenen Luftschichten über ihnen reflektiert und gebrochen. Am Himmel zeigt sich ein leuchtender Schleier, der noch Tage oder gar Wochen später zu sehen ist, ein Nebel aus Licht. Rot und blau, aber auch grün vermag dieses Licht zu schillern.

Wenn alle Trolle versammelt sind, setzt der Älteste aller Trolle seine Flöte an. Natürlich war es Allbeert, der diese Tradition begründete. Obwohl der Ton sehr leise ist, herrscht im bis dahin heillosen Stimmengewirr der Trolle sofort andächtige Stille. Andere alt ehrwürdige Trolle folgen ihm. Ein Wechselspiel der Melodien beginnt. Leise und fast zärtlich kommt das Spiel mal aus der einen, mal aus der anderen Richtung des Plateaus. Woher weiß jeder, wann er dran ist? Wieso versucht nicht jeder dieser sonst doch so rauen Gesellen, seine Person und Fähigkeit in den Vordergrund zu stellen? Man sollte Trollen mal zuhören, wenn sie mit ihren Schätzen prahlen, ein heilloses Durcheinander, jeder versucht, den anderen nieder zu schreien, denn schließlich ist sein Schatz der größte von allen. Aber hier, hier herrscht eine ungewöhnliche Ordnung und Ruhe. Jeder wartet, bis es an ihm ist, sein Spiel zu beginnen, denn er weiß, der Ältere ist vor ihm an der Reihe. Es dauert Stunden, bis alle ihre Melodie gespielt haben. Nach diesem Vorspiel ist der Zeitpunkt erreicht, wo sich Gruppen bilden, deren Spiel kraftvoller ist. Die Luft vibriert vom Widerhall hunderter oder gar tausender von Trollflöten und noch einer reiht sich ins Spiel ein, der Wind. Dieser folgt nun den Melodien der Trolle. Das Spiel wird lauter. Die Trolle schließen sich zu immer größeren Gruppen zusammen. Der Wind wird stärker. Sturmböen brausen bald auf. Die Winterstürme werden aufgerüttelt und toben sich aus. Die eisigen Stürme sind geweckt. Nun verklingt das Flötenspiel der Trolle.

Die leuchtenden Nebelschleier werden vom Sturm zerrissen. Er treibt sie vor sich her, um sie weit in den Norden zu tragen und sie, nachdem er sich zurückgezogen hat, dort zu belassen. Dem sonnenlosen Winter des Nordens wurde ein Licht geschenkt. Ein Wetterleuchten, das auch von uns Menschen gesehen wird. Wir nennen es Nordlicht oder Polarleuchten.

Mit hochroten, vom Sturm gepeitschten Gesichtern, aber mit sichtlich zufrieden leuchtenden Augen sitzen die Trolle noch lange zusammen. Jetzt geben sie sich einer ihrer liebsten Beschäftigungen hin, dem Prahlen ob ihrer heroischen Taten und der Schilderung ihrer erfolgreichen Schatzsuche.

Aber auch das größte Fest endet einmal. Die Gesellschaft der Trolle löst sich jetzt wieder in kleinere Gruppen auf, um den Heimweg antreten und zu Hause vom Fest der Winterstürme zu erzählen. Dort angekommen wird endlich klargestellt, dass ihr Schatz der größte sei. Was natürlich nicht bedeutet, man könne sich in Ruhe zurücklehnen. Jeder Schatz, möge er noch so groß sein, ist schließlich immer noch ausbaufähig.

Der Erzähleifer wird nur dadurch gestoppt, dass einer der Zuhausegebliebenen sagt: „Hatte ich es nicht schon immer gesagt, du bist einer der Besten!" – „Ja, das hattest du." Fast bei allen Trollen endet das Fest auf gleiche Art.

Noch ein großer Löffel Honig und dann kuschelt sich jeder in sein Moospolster, um seinen Winterschlaf fortzusetzen, den er wegen des Festes unterbrochen hatte.

Erst das Läuten der Schneeglöckchen wird sie zum beginnenden Frühling wieder wecken. Dann werden die Trolle des Småfolkes wieder durch die Wälder des Nordens trollen, dort, wo im Sommer die Sonne sogar in der Nacht scheint.

Wie die Trolle
mit der Schatzsuche begannen

Für die ersten Trolle, die noch einsam durch die Wälder streiften, gab es noch keine Schatzsuche. Es sollte Generationen von Trollen dauern, ehe damit richtig begonnen werden konnte. Brauchte es einige Zeit, ehe nach der Eiszeit der erste Troll gekommen war, so brauchte es noch wesentlich länger, ehe der erste Mensch skandinavischen Boden betrat. Die Trolle hatten längst eine Kultur entwickelt, ehe die ersten Menschen kamen, um sich vereinzelt an den Rändern von Gewässern niederzulassen. In die Wälder wagte sich noch keiner, als die Trolle schon begannen, Goldnuggets in den Flüssen und Bächen zu suchen, um sich Leuchter daraus zu fertigen. Ein mühsames Unterfangen. Die Trolle, die am Meer lebten, fanden hin und wieder auch mal einen Bernstein und die im Gebirge einen ungeschliffenen Edelstein. Auf den Gedanken, die Erde zu durchwühlen oder gar Stollen in Berge zu graben, wäre ein Troll nie gekommen. Das ist Sache der Zwerge.

Als die Menschen in diesen uralten Zeiten damit begannen, hübsche Schnallen und Schmuck aus Bronze zu formen, erst da wurde das Augenmerk der Trolle langsam auf diese Dinge gerichtet, wenn sie in der Sonne glänzten und blitzten. Die Ersten, die das sahen, waren die Waldrandtrolle, sie kannten nicht nur die Siedlungen der Menschen, sondern sie erlebten auch, wie die ersten Menschen es wagten, den Wald zu betreten, um zu jagen.

Ein Troll würde niemals einem Tier etwas zu leide tun, deshalb verstanden sie nie, warum die Menschen jagen und Fallen aufstellten. Die Funktion der Fallen jedoch hatten die Trolle sehr schnell verstanden und sie setzten sie ihrerseits nun gegen die Fallensteller ein. Geriet ein Mensch in seine eigene Falle, konnte er sich zwar im Allgemeinen selbst befreien, aber ein Tier wurde verschont. Mit viel Glück konnten Trolle hin und wieder auch mal eine der Schnallen oder Schmuckstücke ergattern. Ihrer Schadenfreudenfreude, wenn diesem Mensch dadurch die Hosen herunterrutschten, ließen sie unter lautem Gelächter freien Lauf. Die erbeutete Schnalle hatte zwar einen gewissen Wert, aber die Genugtuung, einem Tier geholfen und einem Menschen einen Streich gespielt zu haben, war viel wichtiger. Letzterer verließ meist fluchtartig den Wald, da er die Ursache für das Gelächter nicht sehen konnte und somit an bösartige Geister glaubte, die ihn in die Finsternis zu zerren suchten.

Bald kam die Zeit, als die Könige begannen, goldene Münzen zu prägen und dieses Geld nannten, in Ableitung vom Wort Gold. Um ihre Einnahmen zu vergrößern, sandten die Fürsten und Könige Steuereintreiber aus. Diese Steuereintreiber zogen durch die Dörfer und verlangten den Zehnt, den jeder Bauer zu entrichten hatte. Meist war es so, dass die Bauern ihre Steuern in Ernteerträgen zahlen mussten. So gelangten Korn, Gemüse oder auch mal ein Huhn oder ein Ferkel in die Burgen und Schlösser. Diejenigen aber, die Handel trieben mit Stoffen oder Gewürzen, waren oft so reich, dass sie ihre Steuern mit Goldmünzen bezahlten.

Straßen gab es noch nicht und der größte Teil des Landes war bewaldet. So kam es, dass auch durch den Wald, in dem jetzt schon seit Jahrtausenden die Trolle lebten, die Steuereintreiber das Gold für den König transportierten und dabei auch schon mal einige der Goldmünzen verloren gingen.

Auf solch eine Münze, schon etwas abgegriffen, stieß irgendwann ein Troll, als er gerade mal wieder Beeren suchte. Dies tat er meist mit größter Konzentration, denn es handelte sich ja um etwas zum Futtern. Genau unter einem kleinen Blaubeerstrauch lag sie, die erste Münze, die er in seinem fast tausend Jahre währendem Leben fand. Sofort testete er, was denn das wohl sei und er biss hinein. Zerbeißen lies sich das nicht, was er da gefunden hatte. Aber in seiner großen Nase spürte er ein eigenartiges, aber doch sehr angenehmes Kribbeln. Da die Goldmünze nicht essbar war, wollte er sie in einer spontanen Reaktion schon wieder wegwerfen. Nach kurzem Nachdenken sagte er sich aber, dass sein Fund zum einen vielleicht doch noch zu etwas zu gebrauchen sei und zum anderen diese seltsame Scheibe im Wald nichts zu suchen habe. Deshalb steckte er die Münze in die Tasche.

Während seiner weiteren Suche nach den leckersten Beeren war der Troll so in sein Tun vertieft, dass er wieder vergaß, was er da gefunden hatte. Erst zu Hause, als er sich zwischen die Borke quetschen wollte, um in seine Höhle unter dem Baum zu rutschen, drückte die Münze in seiner Tasche. So erinnerte er sich an seinen sonderbaren Fund. Unten angekommen griff er in die Tasche und holte die Münze wieder hervor. Da, wo er hinein gebissen hatte, erkannte er genau das Muster seiner Zähne und ein leichtes Glitzern und Blinken, je nachdem wie er die Münze unter seinen Leuchter hielt. Vielleicht, wenn ich sie poliere, glänzt es noch schöner, dachte er sich. Der Troll nahm das weichste Moos, das er finden konnte und begann ein wenig an der Goldmünze zu rubbeln. Es sollte ja nicht gerade in Arbeit ausarten, was er da tat. Dennoch, das Resultat war faszinierend und er polierte und polierte und polierte, bis die ganze Münze nur so glänzte. Auch in seinen Augen entstand ein eigentümliches Glänzen, was dem des Goldes um nichts nachstand. Der Troll war begeistert und tanzte wie von Sinnen durch seine Höhle. Ihm war sofort klar, eine der Aufgaben seines Lebens würde darin bestehen, mehr und mehr von diesem glitzernden Gold zu sammeln und Schätze anzuhäufen. Dass seine Nase so angenehm kribbelte, konnte ihm nur recht sein, denn sie würde ihm beim Finden weiteren Goldes helfen. Nach Art der Trolle hatte er beim nächsten Zusammentreffen mit einem anderen Troll mit seinem Fund nur so geprahlt. Deshalb sprach es sich schnell unter allen Trollen herum, welche Schätze die Menschen in der Lage sind zu erschaffen.

Bald trauten sich die Waldrandtrolle, viele direkte Nachkommen von Haurucki, gar bis in die Schatzkammern der Schlösser. Sie berichteten von unsagbarem Glanz und brachten auch oft ein paar Anschauungsobjekte mit. Alle, die das sahen, waren begeistert und spürten dieses angenehme Kribbeln in der Nase. Jeder wollte etwas von dem Material, das sie zwar schon länger kannten, aber nicht in diesem Glanz, sondern nur als Nugget. Formvollendet gestaltet oder als Scheibe mit Bild (Münze) wirkte das Gold wie ein Rauschmittel auf sie.

So kam es, dass die Trolle zu Schatzsammlern, -suchern und -findern wurden.

Diese Dinge wussten die Menschen in früheren Zeiten zwar noch nicht so genau, doch keiner kam auf den Gedanken, eine Bank am Rand eines Ortes, und schon gar nicht in Waldnähe zu eröffnen. Daher waren in Skandinavien die Banken fast immer in der Mitte der Städte gleich neben der Kirche.

Heute ist das kein Problem mehr, denn unser Geld besteht nicht mehr aus Gold- und Silbermünzen und ist damit für Trolle, die außerdem recht selten geworden sind, hoch oben im Norden, dort, wo im Sommer die Sonne sogar in der Nacht scheint, wertlos geworden.

Wie die Trolle Schätze finden

Für Spaß, Freude und Schabernack ist jede noch so wichtig erscheinende Tätigkeit, abgesehen vom Essen, sofort zu unterbrechen. Selbst so wichtige Dinge wie eine Schatzsuche oder das Heben eines Schatzes werden stets mit ein wenig hintergründigem Humor durchgeführt, denn sonst wäre es ja reiner Diebstahl. Trolle **finden** Schätze. Stehlen ist absolut gegen ihre Natur, denn das wäre arglistig. Wenn ein Troll etwas sieht, was er unbedingt besitzen möchte, sagt er sich sofort:
„Das finde ich!"
Diese Redewendung benutzen sogar wir Menschen, wenn jemand sehr viele Ideen hat und auch weiß, wie er diese in die Tat umsetzt. Nur die Schreibweise entspricht nicht mehr der trollüblichen Redewendung. Wir sagen, dass solch ein Mensch sehr **findig** ist.

Trolle sind an allem interessiert, was an Fürstenhöfen so abgeht. Denn schließlich sind diese es, die über einen gewissen Anteil an Gold und Schmuck verfügen. Hinzu kommt, dass so ein Fürst meist daran interessiert ist, ebenso wie die Trolle, diese Schätze nicht nur zu horten, sondern möglichst auch zu mehren. Das führt natürlich bei den Menschen zu Missgunst und Neid. Deshalb sind Raub und Diebstahl keine seltenen Delikte. Im schlimmsten aller Fälle kann es sogar zu kriegerischen Auseinandersetzungen kommen. Um jetzt seine Habe zu schützen, war es in früheren Zeiten so üblich, diese in Schatzkammern vor den Blicken von Neidern und vor allem vor Räubern zu verstecken. Fehlten derartige Möglichkeiten oder war Eile geboten, vergrub man einfach seinen Schatz. Die Stunde der Trolle hat spätestens in diesem Moment geschlagen.

Eventuell, wenn jetzt so ein Mensch auch noch sein Leben bedroht sieht oder aber ein Seeräuber ist, ergibt sich die Notwendigkeit des Erstellens einer Schatzkarte. Auch dies ist ein Fakt, der den Trollen entgegen kommt. Des Lesens zwar unkundig, ist der Umgang mit Karten, mögen sie noch so verwirrend wirken, eine ihrer leichtesten Übungen. Bei der Interpretation von darauf vermerkten schriftlichen Ergänzungen kann es zwar zu der einen oder anderen Missdeutung kommen, aber das wird durch den eisernen Willen, den darauf vermerkten Schatz zu finden, kompensiert. Versucht troll es eben ein zweites Mal. Das wird schon erfolgreich sein.

Der Spürsinn für Gold, der sich mit einem Jucken in der dafür außerordentlich sensibilisierten Nase bemerkbar macht, ist legendär.

Bis auf den ersten Troll, der ja nichts von irgendjemandem erben konnte, ist eine der ersten Anschaffungen ein Leuchter aus purem Gold. Den der Troll selbst mit dem Gold, das er von seinen Eltern nur für diesen Zweck bekommen hat, anfertigen muss. Da Trolle zwar begnadet im Umgang mit Messern und daher gute Schnitzer sind, aber keine Ahnung von der Goldverarbeitung haben, ist der Leuchter immer ein skurriles Unikat. Ein paar trollige Sprüche bei der Herstellung verleihen dem Leuchter allerdings die besondere Fähigkeit, selbst das Gold und die Edelsteine zum Leuchten zu bringen, die hinter dicken Mauern verborgen sind oder auch metertief in der Erde liegen. Das funktioniert natürlich nur in der Dunkelheit. Am Tag verlässt sich so ein Troll voll und ganz auf seine Nase. Grabungsarbeiten sind erstens aufwendig und zweitens langwierig. Trollen ist es daher wesentlich lieber, eine Schatzkammer auszuräumen, vor allem wenn sie direkt durch die Tür marschieren können. Dass genau diese leichte Variante genutzt werden kann, ist leider selten der Fall. Ist doch der Schatz, wegen der um ihn entstandenen Auseinandersetzungen, im Regelfall unter einer Ruine zu finden.

Die Zauberkräfte der Trolle sind nicht sehr ausgeprägt, aber reichen in jedem Fall, um Mauern, hinter denen sich Schätze befinden, einstürzen zu lassen. Die Steine kann er anschließend allein durch die Kraft seines Willens bewegen und somit zur Seite räumen. Eine Fähigkeit, die sich immer wieder als sehr nützlich erweist. Zwar müssen lose herum liegende Steine dabei einzeln bewegt werden, aber es ist praktikabel. Ausgraben hingegen bedeutet Handarbeit, denn es würde wohl ewig dauern, jedes einzelne Sandkorn zu bewegen. Hinzu kommt, dass auch Willensarbeit auf Dauer erschöpfend ist.

Ist also Buddeln angesagt, so gibt ein cleverer Troll die Information um die Lage des Schatzes gern an die Menschen weiter, möglichst an jemanden, der sowieso unredliche Dinge mit dem zu erbeutenden Schatz vor hat. Der Troll lässt also den Schatz ausgraben, um im letzten Augenblick alles für sich zusammenzuraffen und sich davon zu machen. Da er alleine sowieso nicht alles tragen kann, bringt er in solch einem Fall ein paar Trollfreunde mit. Diese Freunde geben zwar auch nichts mehr ab, aber sie lassen dem Finder selbstverständlich den Vortritt. Der teilt natürlich lieber mit seinesgleichen als mit einem Menschen, der sowieso Übles vorhat. Die Wegnahme des Schatzes ist demnach auch nichts Verwerfliches und mit dem Finden eines eigentümerlosen Schatzes sind seine Anspruchsrechte allemal geklärt. Oft lassen die Trolle nach getaner Arbeit ein oder zwei weniger wertvolle Stücke zurück. Der Unredliche wird sowieso erwischt werden und jeder andere wird von seinem Fund berichten. Dass der Mensch von einigen Trollen hereingelegt wurde, wird wohl kaum einer von beiden weitergeben. Dies ist die Art der Trolle, „Danke" zu sagen, denn sie wissen, dass sich sofort Archäologen aufmachen, um den Fundort zu inspizieren und alle erdenklichen Geschichten um des Schatzes Herkunft in die Welt setzen. Die daraus entstehenden Bücher lassen sich im Allgemeinen gut verkaufen.

Aus der Sicht eines Trolls ist damit alles getan. Geneckt wurde der, der umsonst gebuddelt hat. Beschenkt wurden die Menschen ganz allgemein dadurch, dass sie wieder etwas mehr über die Vergangenheit erfahren durften. Zusätzlich schaffte der Troll Arbeit für die, die anschließend mit weiteren Ausgrabungen die Fundstelle untersuchten und damit ihr Leben finanzierten. Das Letztere dann vor Ort noch mal so richtig auf die Schippe genommen wurden, gehört einfach dazu. Etwas sehen, dann wieder nicht, verleitet werden, an einer unsinnigen Stelle zu graben, dies sind die üblichen Dinge des Repertoires, das ein Troll so auf Lager hat.

Hin und wieder auch mal was in den Taschen der Menschen zu finden, die durch die Wälder streifen, um Beeren oder Pilze zu sammeln, ist für einen Troll erst recht etwas völlig normales. Das Mindeste aber ist es, ein Loch in der Tasche zu hinterlassen, was wiederum zwei Gründe hat. Zum einen, es lässt sich möglicherweise leichter wieder etwas herausholen, zum anderen, der Mensch gibt sich selbst die Schuld:

„Wie konnte ich auch etwas in eine durchlöcherte Tasche stecken?"

Für den Troll ergibt sich gleichzeitig der Vorteil, dass er seine Existenz nicht verrät und auch nicht, dass er in anderer Leute Taschen nach Wertvollem sucht. Sehr beliebt ist auch die Schnürsenkelmethode, besonders bei Wanderern, da diese sich ja nicht nach Pflanzen und Früchten am Waldboden bücken. Unsereiner ist ja im Verhältnis zum Troll des Småfolkes sehr groß gewachsen. Daraus resultiert, dass auch die Taschen sehr hoch sind. Deshalb bindet ein schatzsuchender oder auch -findender Troll in aussichtsreich erscheinenden Fällen die Schnürsenkel blitzartig entweder an Pflanzen fest oder gar zusammen. Die Folge ist ein Straucheln, möglicherweise gar ein Sturz. Ein kurzer Moment des Zugriffes und schon haben ein paar Münzen oder sonstige Wertgegenstände, wie Gold und Edelsteine, aus Taschen oder um den Hals getragen, den Besitzer gewechselt. Aber ein Troll wäre kein Troll, wenn da nicht noch etwas wäre, was den Vorgang von einem profanen Diebstahl unterscheidet. Kein Troll käme je auf den Gedanken, sich mit höherer Mathematik zu befassen. Aber in beschriebenem Fall der Schatzsuche und –findung kann man absolut sicher sein, wenn ein den Wald durchstreifender Mensch so stürzt, dass er mit dem Gesicht in einem Blaubeerstrauch landet und entsprechend bunt aussieht. So etwas war dann weder Unachtsamkeit noch dummer Zufall, sondern von einem Troll genauestens berechnet. Manchmal bedankt der Troll sich auch dadurch, dass man mit der Nase genau auf einen der schönsten und schmackhaftesten Pilze stößt, den jeder dann gern nach Hause trägt. Dies ist dann seine persönliche Art, sich für die nette Gabe, die man ihm mehr oder minder freiwillig überlassen hat, zu bedanken.

Natürlich passiert letzteres nur dann, wenn der Pilz für Trolle nicht gerade als Leckerei angesehen wird oder der Bauch schon schmerzt, weil er mit Beeren und Honig vollgestopft ist. Jetzt ist die Schatzfindung aus Sicht der Trolle gar ein ganz normales Tauschgeschäft geworden, zumal der Mensch den Verlust erst zu Hause bemerkt.

Bei derartiger Schatzbeschaffung ist selbstverständlich ein höchstes Maß an Konzentration und Schnelligkeit erforderlich. Die Schnelligkeit ist dabei das kleinste Hindernis, denn Trolle agieren schneller, als wir ihnen mit den Augen folgen könnten. Die Konzentration ist da schon etwas problematischer, denn wenn sich irgendein Schabernack anbietet, wird sofort darüber nachgedacht, ob man ihn nicht in das Geschehen einbauen könnte. Die Konzentration lässt nach und möglicherweise entdeckt der Mensch, dass er was verloren hat und hebt es beim Aufstehen wieder auf. Eine fatale Situation, sollte man dabei von einem anderen Troll beobachtet worden sein. Für die nächsten 10 - 20 Jahre wäre der Troll dem Spott und Hohn der Trolle des gesamten Waldes ausgeliefert.

Aber es ist keineswegs so, dass Schätze nur in der Konfrontation mit dem Menschen gefunden werden, nein, es gibt da noch einige Hilfskräfte, die Zwerge, wenn auch ungewollt. Auch hier geht es nach der Devise, die schönste Arbeit ist die, die andere für dich erledigen. Die Trolle nutzen die Fähigkeiten der Zwerge bei den Erdarbeiten. Ganz besonders deren Bergwerksstollen, in denen Gold abgebaut wird. Um das vergessene (noch nicht geförderte) Gold, das sinnlos herumliegt, zusammenzuräumen und somit den Stollen zu reinigen und sauber wieder an die Zwerge, die wie gesagt selbst gar nichts davon wissen, zu übergeben.

Alle Schätze werden zusammengetragen und von den Trollfamilien sorgsam gehütet. So kommt es, dass durch das **finden** über die Jahrhunderte hinweg die größten Reichtümer dieser Erde, bestehend aus Gold und Edelsteinen, hoch oben im Norden, dort, wo im Sommer die Sonne sogar in der Nacht scheint, in den Händen von Trollen liegen.

Das Exempel
Und warum Allbeert Trollkönig wurde

Es war ein Tag wie jeder andere, vielleicht sogar einer wie der heutige, als sich die Trolle zusammentaten, um ein Exempel zu statuieren. Die Menschen drangen immer tiefer in den Wald ein. Den Trollen wurde ihr Refugium streitig gemacht. Es war an der Zeit sich zu wehren. Nein, nein es war nicht so, wie mancher denken mag. Mit List, nicht aber mit Tücke. Schließlich ist ein Troll kein Monster, das anderen nur zu schaden sucht. Aber fangen wir am Anfang an, schließlich zäumt ja auch keiner ein Pferd von hinten auf.

Dass die Menschen nicht wie die Trolle unter Wurzeln leben wollten, konnten auch die Trolle verstehen. In den Wäldern lebten ja auch Tiere, die auf die unterschiedlichste Art ihre Behausungen errichteten, Nester bauten, Höhlen gruben oder vorhandene nutzten. Daher war es nichtverwunderlich, dass die Menschen ähnliches taten. Die Vögel bauten ihre Nester aus Zweigen. Die Menschen, um ein Vielfaches größer, benötigten ganze Bäume, die sie in Scheiben schnitten und so stapelten, dass eine Art Höhle daraus entstand, mit Löchern zum Herausschauen. Unsereins würde sagen, sie bauten Häuser. Diese Tatsache wurde natürlich als Erstes von den Waldrandtrollen beobachtet.

Haurucki, der inzwischen einer der Vertrauten des Obersten aller Trolle, Allbeert, geworden war, teilte diesem mit, dass die Menschen jetzt auch Bäume fällten, die sie jedoch nicht nur für den Bau ihrer Behausungen einsetzten.

Sie drangen sogar tief in die Wälder ein und rodeten große Flächen. Die Trolle wurden immer weiter zurückgedrängt.

Über ein paar hundert Jahre hinweg gab es so etwas wie eine friedliche Koexistenz. Es gab keine Absprachen oder dergleichen, aber man akzeptierte einander. Und jetzt? Haurucki stand vor Allbeert, um ihm in einer langatmigen Erklärung die neue Situation zu schildern: „Die Menschen rücken immer mehr in den Wald vor. Einige Getreue waren schon gezwungen, ihr Zuhause unter der Wurzel eines von Menschen gefällten Baumes aufzugeben", endete sein Bericht. „Es muss etwas geschehen!"

Allbeert ließ sich noch erklären, wie die Menschen dabei vorgingen und wie deren Werkzeuge aussähen, mit denen sie die Bäume niederrissen. Nachdenklich lief Allbeert einige Schritte auf und ab. Dann fasste er einen Entschluss.

Haurucki wurde losgeschickt, um ein paar Nachbarn zu besuchen, die wiederum einige der ältesten Trolle aufsuchen sollten, um sie zu bitten, sich an einem bestimmten Tag bei Allbeert zu versammeln. Ein für diese Zeit ungewöhnlichesGehusche von Trollen, die eine Art Staffellauf zu veranstalten schienen, verdeckt nur durch die hohen Farne, die den Waldboden überspannten, setzte ein. Selbst die Elfen wurden aufgeschreckt ob dieser Regsamkeit, einem für Trolle völlig ungewöhnlichem Aktionismus.

Stuppsi, Allbeerts liebe Frau, schlug die Hände über dem Kopf zusammen, als sich ein paar Tage später ein gutes Dutzend Trolle in ihrer Wurzelhöhle versammelte. Abgesehen davon, dass jeder Troll den anderen zu übertönen versuchte, konnte troll sich kaum rühren in dieser Enge. Haurucki wurde das Ganze zu bunt und er brüllte aus vollem Halse: „Wir müssen raus hier! Das ist doch nicht auszuhalten!" Allbeert stimmte dem sofort zu und schlug als Versammlungsort eine kleine Höhle in der Nähe vor, in der einmal ein Vielfraß gelebt hatte und die nunmehr leer stand. Diese Höhle zog sich unter mehreren Baumwurzeln hin und endete in einer Felsenkammer. Der Eingang bzw. die Eingänge, die einstmals der Vielfraß benutzte, waren wegen des langen Leerstandes schon zum überwiegenden Teil zugewachsen oder aber verschüttet. Einem der Bäume oberhalb der Höhle fehlte jedoch ein Stück Borke, so dass die Trolle ins Holz schlüpfen konnten, um bis in die Wurzeln nach unten zu rutschen. Unten angekommen wunderten sich alle, bis auf Allbeert, über den guten Zustand dieser Erdhöhle und die aufgeräumte Felsenkammer. Haurucki schaute Allbeert fragend an, dieser grinste nur und flüsterte: „Meine kleine Zuflucht, hier hatte alles angefangen. Der Vielfraß hat dann irgendwann, als ich schon längst bei Stuppsi lebte, mein erstes Zuhause übernommen und ausgebaut, um hier seine Jungen aufzuziehen und Winterschlaf zu halten. Im darauf folgenden Frühjahr ist er allerdings schon wieder ausgezogen."

Einer der wenigen Ausgänge, die noch zugänglich waren, diente zum Hereinschleppen von Steinen, großen Stücken Borke und sonstigem Material, das Trollen als Sitzmöbel dienen konnte. Troll richtete es so ein, dass eine kleine Versammlung abgehalten werden konnte. Selbst ein kleiner Imbiss war möglich, denn die meisten der Anwesenden hatten für die lange Wanderung, die sie hinter sich gebracht hatten, um zu Allbeert zu gelangen, ihren Honigtopf dabei. Andere hatten auf dem kurzen Stück Weg von Allbeerts Heim zur Versammlungsstätte im Vorübergehen noch rasch ein paar Beeren gepflückt, so dass kein Mangel an Essbarem herrschte. Mit dem Bereitstellen eines großen Kruges Blaubeersuppe trug Stuppsi das Ihrige bei. Es war somit, neben einfachem Wasser, auch für ein gehaltvolles Getränk gesorgt.

Ein weiteres Mal erzählte Haurucki nun seine Geschichte über das, was ihm angetragen wurde und was er teilweise mit eigenen Augen gesehen hatte, für die Anwesenden, die noch keine Einzelheiten kannten.

Danach ergriff Allbeert, als der Oberste aller Trolle, das Wort: „Liebe Mittrolle, Haurucki hat sehr deutlich geschildert, wie sich die Situation der Waldrandtrolle darstellt. Wir Trolle waren die Ersten, die nach den Vögeln, zusammen mit den bodengebundenen Tieren, dieses Land besiedelten. Alle, die so wie wir im Wechsel der Jahreszeiten ihr Leben an das der Natur anpassen, sind uns immer willkommen. Wenn jedoch jemand tief in den Wald eindringt und unser Zuhause bedroht, dann liebe Freunde, sind Taten angesagt. Wir sollten uns ansehen, was die Menschen mit ihrem Tun anrichten und vor Ort Entscheidungen für unser eigenes Vorgehen treffen."

Haurucki schlug vor, sofort loszugehen und gleich die Trolle, die troll auf dem Weg zum Kahlschlag noch besuchen könne, aufzufordern sich anzuschließen. „Es bringt doch nichts, erst tausend Beschlüsse zu fassen und dann alle Trolle zusammenzurufen. Wenn Aktionen erforderlich werden, sollten sie auch sofort umgesetzt werden. Direktes Handeln ist geboten."

Eine Gruppe von einem Dutzend Trolle, unter der Führung von Allbeert und Haurucki, der den Weg weisen musste, brach unmittelbar auf. Eine, für alle Waldbewohner, einschließlich derer, die sich als Naturwesen dem Blick der Menschen entziehen, ungewöhnliche und seltsam anmutende Prozession von über Gott und die Welt diskutierenden und laut palavernden Trollen zog nun Richtung Süden. Von dort kamen die Menschen, die in mehr oder minder großen Gruppen das Land zu besiedeln suchten.

Schon am nächsten Tag wurden sie der ersten Behausung eines Menschen ansichtig. Eine Hütte direkt neben einem Bach. Dem Menschen, der hier lebte, schien das praktisch, denn er hatte den direkten Zugriff zum Wasser. Die Trolle hingegen brachen in lautes Gelächter aus: „Das ist bald weg!", meinte der eine. „Zum Glück schwimmt Holz!", ein anderer. „Der Näck wird sich freuen, der kriegt bald Besuch", war noch eine der vielen Bemerkungen, die einige Trolle angesichts des Hauses machten. Sie klatschten sich auf die Schenkel und machten Purzelbäume vor Lachen. Manch einem von ihnen schmerzte sogar der Bauch. Die Dummheit der hier lebenden Menschen schien ihnen unendlich groß zu sein. Wusste doch jeder Troll um die verheerende Kraft des Wassers zur Schneeschmelze und dass die Bäche ansteigen würden.

Allbeert wollte die Trolle schon zum Weitergehen auffordern, als er sah, dass sich einer von ihnen winselnd am Boden wälzte, während er mit einer Hand seinen Schwanz hielt. Es stellte sich heraus, dass er sich vor lauter Lachen rücklings auf den Boden geworfen hatte, dabei den Bauch hielt und hin und her rollte, während er mit den Beinen gestrampelt hatte. Zu allem Unglück hatte er sich dabei den Schwanz zwischen zwei Steinen eingeklemmt und ausgerenkt. Abgesehen von dem Knick, den er jetzt im Schwanz hatte, tat es außerdem auch noch höllisch weh. Das erneute schallende Gelächter und der Spott der anderen Trolle, die sich an einem Johannisbeerstrauch im kleinen Garten oberhalb der Hütte bedienten, war auch nicht gerade dazu angetan ihn aufzumuntern. Der einzige mit etwas Mitgefühl, obwohl auch er lachen musste, war Haurucki. Vor ein paar Jahren war ihm ähnliches passiert. Daher wusste er, was zu machen sei.

„Richtig weh tun wird es erst jetzt", meinte er zu dem Betroffenen. „Leg dich bäuchlings auf den Boden. Ich werd's schon richten", fügte er noch hinzu, ehe er zur Tat schritt.

Mit beiden Füßen stellte sich Haurucki auf den Rücken des Gequälten, ergriff dessen Schwanzende direkt unter dem Quast und riss ihn mit einem Ruck nach oben. Der Schwanz des Ärmsten schien durch diesen kräftigen Ruck um etliche Zentimeter länger geworden zu sein. Aber das nahm keiner so richtig zur Kenntnis, denn ein Mark erschütternder Schrei des Betroffenen ließ vorübergehend Spott und Ironie der umstehenden Trolle verstummen. Jeder konnte sich vorstellen, wie schmerzhaft so eine Prozedur ist.

Um die betroffene Stelle des Schwanzes wurde mit Farn noch eine Packung aus Kräutern und Moos gebunden. Schon kam auch der Spott der Umstehenden zurück und der schwanzkranke Troll wurde in den nächsten Tagen nur noch Rosettenschwanz genannt. Das ärgerte ihn zwar etwas, andererseits stand er in dieser Zeit im Mittelpunkt und das schmeichelt dem Ego eines Trolls.

Auf dem weiteren Weg zum Kahlschlag gesellten sich noch etliche Trolle hinzu. Einer von ihnen, der die Lage der eingeschlagenen Lichtung kannte, wurde vorausgeschickt, um noch ein paar Waldrandtrolle aufzusuchen, damit auch diese kommen sollten.

Oberhalb der neu entstandenen, von Menschenhand geschaffenen, Lichtung versammelten sich die Trolle auf einem Felsen, von dem sie eine gute Sicht über das Geschehen hatten. Am Rand der Lichtung wurden gerade Bäume gefällt, um die Lichtung zu vergrößern. Pferde zogen Stämme davon. Das Geäst blieb einfach liegen. Wurzeln waren teilweise herausgerissen und krumme Stämme lagen achtlos herum. Einigen der Trolle standen die Tränen in den Augen und sie wollten schon wutentbrannt herunterstürzen, um die mit Sägen und Äxten bewaffneten Frevler durch ihr Geschrei zu vertreiben oder sich gar auf sie stürzen. Hätte Haurucki nicht blitzschnell zwei von ihnen am Schwanz festgehalten, wäre es Allbeert nicht gelungen, diese Eiferer zurückzuhalten. Es konnte somit gerade noch größerer Schaden durch unüberlegtes Handeln verhindert werden.

„Es muss uns gelingen, sie irgendwie zu vertreiben oder zumindest ihr Tun zu unterbinden. Am besten auf eine nachhaltige Art und Weise, die sie hindert, je wieder so unachtsam mit der Natur umzugehen. Ohne jede Rücksicht auf die, die von und mit ihr leben. Schließlich brauchen wir doch alle den Wald", sagte Allbeert nachdenklich.

Nachdem jetzt die verschiedensten, meist unsinnigen, Vorschläge gemacht wurden, meldete Haurucki sich zu Worte, um einen seinem Charakter entsprechenden Vorschlag zu machen: „Die Bäume sind frisch geschlagen und haben daher noch eine feste Borke. Die Borke trägt uns, daher ist es für uns doch kein Problem, auf der einen Seite in den Holzstamm zu huschen und am gegenüberliegenden Ende wieder hervor zu kommen. Außerdem liegt auf dem Waldboden so viel Geäst herum, dass wir wohl kaum entdeckt werden können. Mit einer solchen Aktion, hier auftauchen, dort verschwinden, um ganz woanders erneut aufzutauchen, verwirren wir sie. Für Morgen denken wir uns dann wieder was Neues aus." Diese Idee begeisterte alle, denn jemanden zu necken und zu foppen, das war es, was das Leben trollenswert machte.

Selbst Allbeert schien begeistert, obwohl er abwägend mit dem Oberkörper hin und her wiegte, hatte er ein breites Grinsen im Gesicht. „Hmm, ein Spaß wäre es allemal, aber bestimmt nicht sehr nachhaltig. Es muss mehr geschehen."

Irgendeiner von ihnen machte den Vorschlag: „Wir sollten das Werkzeug mit einem Fluch belegen und der Himmel müsste über ihren Köpfen zusammenbrechen."

Wer das war, ist heute leider nicht mehr nachzuvollziehen. Aber es wurde erreicht, dass alle erwartungsvoll zu Allbeert schauten, was würde er, der Oberste aller Trolle, dazu sagen?

„Vom Ansatz her gut, aber den Himmel über dem Kopf zusammenbrechen zu lassen geht leider nicht. Erstens wüsste ich nicht, wie troll es macht und zweitens würde es uns selbst auch treffen. Aber nachdem die Menschen vergeblich versucht haben werden, ihre verhexten und mit einem Fluch belegten Werkzeuge einzusetzen, könnte troll einen Sturm heraufbeschwören. Andere von uns könnten dann noch die Davonhetzenden zu Fall bringen und selbst blitzschnell in die Bäume verschwinden, damit wir nicht erwischt werden. Das wäre eine Erfolg versprechende Möglichkeit." Allbeert hatte mehr laut gedacht, als dass er es seinen Mittrollen gesagt hätte. Laut und deutlich fragte er aber danach, wer seine Flöte dabei habe.

Es waren die Ältesten der Trolle, die auch die Melodie des Windes perfekt beherrschten und diesem somit gebieten konnten, so zu wehen, wie sie es wünschten. „Die Werkzeuge sind heute Abend an der Reihe. Belegt sie mit Flüchen und Verwünschungen, so dass sie bei ihrem nächsten Einsatz bersten mögen." Allbeert wusste selbst nicht, woher er die Gewissheit hatte, dass ein Troll derartiges zu verbringen vermag. Aber er war sich absolut sicher, dass es funktionieren wird.

Kaum waren die Menschen verschwunden, gingen die Trolle ans Werk. Zuerst versuchten sie selbst, Sägen zu verbiegen und Axtstiele zu zerbrechen, aber trotz ihrer im Verhältnis zur Körpergröße immensen Kraft wollte ihnen das nicht gelingen. Diese vergeblichen Versuche brachten sie jedoch in Rage. Dadurch waren die jetzt im Zorn ausgesprochenen Verwünschungen und Flüche nicht nur besonders hart, sondern, wie sich am nächsten Tag herausstellen sollte, auch besonders wirkungsvoll. Im Laufe des Tages erhöhte sich die Anzahl der Trolle auf drei bis vier Dutzend. So manches Werkzeug wurde deshalb von mehreren Trollen mit Flüchen belegt. Nach gut einer Stunde war alles getan und Troll konnte sich zurückziehen, um auf irgendeinem Mooskissen ein ruhiges Nachtplätzchen zu finden und bis zum Wiedereintreffen der Holzfäller ein Nickerchen zu machen. Letztere kamen schon sehr früh am Morgen zurück, um ihre Arbeit, das

Fällen der Bäume, wieder aufzunehmen. Die Trolle fanden nicht einmal Zeit zu einem vernünftigen Frühstück, was ihrer Laune, die eigentlich schon schlecht genug war, noch den Rest gab. Nur ein paar Beeren wurden schnell eingeworfen.

Allbeert erklärte noch einmal die Strategie und übernahm die Gesamtorganisation.

Haurucki seinerseits übernahm die Führung derer, die sich über die Lichtung oder besser gesagt den Kahlschlag stürzen sollten, sobald Allbeert ein Zeichen geben würde.

Die Flötenspieler blieben bei Allbeert, der sich zur besseren Übersicht auf den höchsten Punkt des Felsens gestellt hatte. Auch eine Hand voll Trolle, etwas dickliche, die nicht so behände waren oder als Rabauken völlig untauglich erschienen, sollten ebenfalls bei Allbeert verbleiben, um im Bedarfsfall für zusätzliche Flüche, Beschimpfungen und Verwünschungen bereit zu stehen.

Als der erste Axtstiel brach und die erste Säge im Holz fest saß, ehe sie zersplitterte, brüllte Allbeert so laut er nur konnte: „Der Wald ist unser!"

Das war das Zeichen zum Sturm auf die Lichtung. Mit einem Gebrüll, so laut sie nur konnten, stürmten die Trolle los, gedeckt durch Farne und herumliegendes Geäst.

Die Menschen hatten schon längst die letzten unbrauchbar gewordenen Werkzeuge zu Boden geworfen und starrten jetzt in die Richtung, aus der eine Woge von Gebrüll auf sie zu raste. Von dem inzwischen doch recht kräftig blasenden Wind wurden aus der gleichen Richtung auch die Töne spielender Flöten herüber getragen. Je lauter die Flöten wurden, umso rauer blies der Wind, der sich langsam zum Sturm aufbauschte.

Schon wuselten die ersten Trolle zwischen den Füßen der Holzfäller herum. Kaum, dass sie erblickt wurden, verschwanden sie auch schon in Baumstümpfen oder - stämmen, um an anderer Stelle unvermutet wieder aufzutauchen und ihr Spiel von neuem zu beginnen. Die Pferde, die das Holz abtransportieren sollten, hatten längst das Weite gesucht und waren unkontrolliert davon galoppiert. Als jetzt auch die ersten Menschen fluchtartig die Lichtung zu verlassen suchten, war der Wind endgültig zum Sturm angestiegen und peitschte Geäst und Reisig vor sich her.

Gleich dort, wo die letzten Stämme lagen, war der Weg. Er führte aus dem Wald hinaus und wurde zum Abtransport der gefällten Bäume genutzt. Hier stellten sich einige Trolle paarweise auf, um im richtigen Moment, wenn einer der Holzfäller angestolpert kam, einen Ast hoch zu reißen. Das Resultat dieser Aktion war im Allgemeinen ein Sturz. Häufig auch so erfolgreich, dass einige der Holzfäller übereinander stürzten. Das gelang den Trollen einige Male. Auch das eigene Davonstürzen und blitzartige Verschwinden in die herumliegenden Baumstämme war problemlos. Die Menschen glaubten, dass die Geister des Waldes sich gegen sie verschworen hätten. Nur einige recht hart Gesottene schienen all dem trotzen zu wollen und verharrten gebückt in der Mitte des Kahlschlages.

Der Sturm hatte bereits so an Kraft gewonnen, dass die Gefahr bestand, den am Rand der Lichtung stehenden Bäumen zu schaden. Deshalb bat Allbeert die Flötenspieler, das Spiel etwas zu dämpfen. Einer derer, die bei Allbeert geblieben waren, zeigte auf die in der Lichtung zurückgebliebenen Menschen: „Was ist mit denen? Troll sollte den riesigen Stein von der anderen Seite der Lichtung auf sie zu wälzen, um sie auch noch zu vertreiben! Das wäre bestimmt sehr eindrucksvoll für diese Typen."

„Dann tut es!" Allbeert wurde fragend bis mitleidig von den anderen angeschaut. „Worauf wartet ihr? Schließlich können wir Mauern einreißen und Steine zur Seite schleudern, gemeinsam werden wir doch dann wohl diesen winzigen Felsen bewegen können. Also, macht's endlich!"

Die Umstehenden starrten den riesigen Brocken an und wünschten sich inständig, dass er sich bewegen möge. Das Unglaubliche geschah: Der riesige Stein rollte einige Meter vorwärts. Verdutzt schauten sich die Trolle nun gegenseitig an. Sie hatten alles Mögliche erwartet, nicht aber, dass sie in der Lage seien, allein dadurch, dass sie es wünschten, solch einen Felsen zu bewegen. Gut, hier und da mal ein kleines Mäuerchen, das hat wohl jeder von ihnen schon mal einstürzen lassen, aber solch einen Brocken? Natürlich rührte sich der Stein jetzt nicht mehr. Ohne dass sie sich gemeinsam auf ihn konzentrierten, tat sich gar nichts.

„Noch einmal!", rief einer von ihnen aus. Und wieder gelang es, den Stein ein paar Meter zu bewegen. Das steigerte ihr Selbstbewusstsein ins Unermessliche. Sie begannen mit dem Fels zu spielen, mal rollten sie ihn ein Stück nach rechts, dann wieder nach links. Die Hauptrichtung aber war die Mitte, dort, wo noch ein paar Menschen standen, die letzten Holzfäller, die absolut nicht weichen wollten. Wie zu Salzsäulen erstarrt, schauten sie jetzt dem Stein entgegen, der, so wie ein Pendel hin und her schwingt, von links nach rechts rollend unaufhaltsam auf sie zu kam. Wie es schien von Geisterhand bewegt. Erst als ihnen das Unausweichliche, nämlich, dass der Stein sie bald erreichen würde, klar wurde, ergriffen sie in Panik die Flucht. Aber sie hatten die Rechnung ohne die Trolle am Ende der Lichtung gemacht, denn diese brachten die Holzfäller allesamt noch einmal zu Fall, was die Panik der Davonstürzenden nur noch erhöhte.

Ein lautes Freudengeheul brach los, als der letzte Mensch hinter einer Wegbiegung verschwand.

Einige Trolle sprangen vor Begeisterung hoch auf, was sie besser hätten bleiben lassen. Da die Flötenspieler durch das Freudengetümmel ihr Spiel abrupt abgebrochen hatten, entzog sich der Sturm sofort ihrer Kontrolle und wollte sich richtig austoben. Einer der euphorischsten Trolle war Haurucki, ein Rabauke wie er im Buche steht, wie wir alle wissen. Ihn schleuderte es in den Wald und er hing kopfüber in einer Astgabel. Anderen erging es nicht viel besser und sie landeten unsanft an Stämmen oder Felsbrocken. Nichtsdestotrotz quittierten sie das mit grölendem Gelächter. Gott sei Dank ging alles ohne größere Blessuren ab. Nachdem die Flötenspieler wieder ihre Instrumente ergriffen hatten und dem Wind Einhalt geboten, konnte sich Haurucki wieder befreien. Genugtuung und Zufriedenheit strahlte jetzt jeder der Trolle aus.

Nachdem auch die im Wald verstreut umherirrenden Pferde den Weg wieder gefunden hatten und nach Hause trotteten, wurde der Stein aus der Mitte der Lichtung zielgerichtet hinter ihnen her gerollt. In einer Klamm blieb er dann stecken und verschloss somit den Zugang zur Lichtung. Die Menschen waren davon ausgeschlossen zurück zu kommen, um den Kahlschlag zu vergrößern. Ausgelassen feierten die Trolle bis zum späten Abend.

Es sollte mehrere Jahrhunderte dauern, ehe sich wieder ein Mensch in den Wald wagte, um Holz zu schlagen. Noch heute gibt es sehr viele, die man niemals dazu überreden könnte, in einem Wald zu übernachten.

Bald gingen die Trolle wieder ihrem gewohnten Alltag nach. Eine Ausnahme jedoch gab es: Allbeert, der Oberste aller Trolle. Für ihn änderte sich so gut wie alles. Er hatte gezeigt, dass er dazu in der Lage war, den Gefahren, die den Trollen von außerhalb des Waldes drohten, entgegenzutreten und die Trolle anzuleiten, im Angesicht größter Gefahr genau das Richtige zu tun. Beim nächsten Mittsommerfest wurden seine Taten und seine Entschlusskraft, vor allem von denen, die dabei gewesen waren, als die Lichtung von den Trollen übernommen wurde, in den schillerndsten Farben dargestellt und gelobt. Natürlich legte jeder größten Wert darauf, der seinerseits zu den Beteiligten gehörte, dass er dabei war und wesentlich zum Erfolg beigetragen habe und möglicherweise das Ganze ohne ihn zum Scheitern verurteilt gewesen wäre.

Haurucki war es dann, der irgendwann das Wort ergriff, um festzustellen: „Jemand, der in der Lage ist, die Interessen der Trolle so vehement zu vertreten und solche Aktionen, wie auf der Lichtung, zu leiten vermag, der verdient es wahrlich, ein König genannt zu werden. Allemal dann, wenn sein Tun schon seit langem königlich ist."

Nicht ein einziger Troll kam auf den Gedanken, Haurucki da zu widersprechen, nein, tobender Beifall folgte seinen Worten. Er selbst wurde dann wegen seines Einsatzes vom ersten König aller Trolle, also Allbeert, zum Hofmarschall ernannt. Was immer das auch sein mag.

Für Allbeert bedeutete das in erster Linie Arbeit. Ein Umzug stand bevor. Mit seiner geliebten Stuppsi, inzwischen Mutter zweier entzückender, voller Widerborstigkeit steckender und pubertärer Trollkinder, zog er in die Höhle um, die seinerzeit von dem Vielfraß bewohnt wurde und eigentlich, genau genommen, wenn man oder troll es richtig betrachtet, die seine war. Die Räume mussten ausgestattet werden und alles musste jetzt gar königlich sein.

Unter einer der zugehörigen Wurzeln richtete sich auch der Hofmarschall Haurucki mit den Seinen ein. Es galt, den ersten Hofstaat, den je ein Troll hatte, einzurichten. Alles wollte wohl bedacht sein.

Die Trolle des Småfolkes hatten jetzt nicht nur einen König, sondern ihren eigenen Staat und das erfüllte sie mit Stolz. Wobei ein Staat nicht so zu betrachten ist, wie wir Menschen ihn kennen. Es gab keine Zugangskontrollen und keine Grenzen, es drehte sich nur darum, Troll zu sein und dazu zu gehören. Und das ist bis heute so!

Zwar sind inzwischen die Menschen wieder in die Wälder gegangen, um Bäume zu schlagen, deren Holz sie nutzen wollen oder aber um freie Flächen für den Ackerbau oder Siedlungen zu schaffen. Aber im hohen Norden, da, wo die Sonne im Sommer auch nachts scheint, sind die Trolle noch heute die unbestrittenen Herren der Wälder.

Im Übrigen, von der Hütte, über die sich die Trolle damals so amüsiert hatten, war schon im darauf folgenden Jahr nichts mehr zu sehen, nicht einmal andeutungsweise, abgesehen vielleicht von einem Johannisbeerstrauch mitten im Wald! Das Wasser hatte ganze Arbeit geleistet.

Ehe jedoch die Lichtung wieder zugewachsen war, gingen einige Jahre ins Land. Vielleicht, wenn man nach ihr suchen würde, kann man den Platz noch heute finden, hoch oben im Norden, dort, wo im Sommer die Sonne sogar in der Nacht scheint. Irgendwo mitten im Wald liegt er, nicht weit hinter einer Klamm, die mit einem Felsbrocken verschlossen ist, von dem jeder Geologe sagen wird, dass der da eigentlich überhaupt nicht hingehört.

Die Trolliothek

Wir Menschen brauchen Jahre, ehe unsere Sprach-
fähigkeiten so weit entwickelt sind, dass wir miteinander
reden können. Ganz anders ist das aber bei den Trollen.
Die Fähigkeit der Sprache ist ihnen wahrlich schon in die
Wiege gelegt. Ein Erlernen der Wörter ist deshalb erst gar
nicht erforderlich. Jeder Troll kennt die Bedeutung eines
Wortes vom Anbeginn seines und des Wortes Seins. Nur
die Art der Satzbildung müsste erlernt werden, wenn es
sie denn gäbe. Trolle lieben bekanntlich das Chaos und
deshalb hat ganz selbstverständlich jeder Troll seinen
eigenen Dialekt und Satzaufbau. Dennoch, Verständi-
gungsschwierigkeiten kennen die Trolle untereinander
kaum. Schon aus wenigen Worten heraus erfassen Trolle
die Zusammenhänge dessen, was ihr Gegenüber ihnen
vermitteln will. So etwas wie eine allgemein zu
benutzende Grammatik ist daher aus ihrer Sicht auch
nicht von Nöten.

Wie sie es dennoch schaffen, immer wieder und wieder in
Übertreibungen ihrer eigenen Leistungen zu schwelgen,
ist kaum zu verstehen. Probleme kennen sie aber in
diesem Punkte überhaupt nicht. Trotz dieser ungeregelten
Sprache fühlen sich einige Trolle als Schriftsteller
berufen, wobei sie, wie sollte es anders sein, ihren
ureigenen Dialekt benutzen. Für unsereins dürfte es, aus
den genannten Gründen, kein großes Vergnügen sein, die
Werke der Trolle zu lesen, da neben den diversen
Dialekten auch noch der Grammatik, wie wir ja schon
wissen, jede nachvollziehbare Logik entbehrt.

Erschwerend, selbst für die Trolle, kommt hinzu, dass es natürlich auch noch keine Schrift gab. Jeder Troll, der schreiben wollte, erdachte sich deshalb seine eigene Schrift und somit konnte jeder auch nur sein eigenes Buch lesen.

Schreibdas war der Erste unter ihnen, der sich daran wagte, ein ganzes Buch zu verfassen: „Von Anbeginn", nannte er dieses Werk und es beginnt da, wo er sich erinnert, dass er das war, was er ist, ein Troll. So beginnt es, das erste Buch der Trolle, fast könnte man sagen ihre Bibel.

Zum besseren Verständnis ist hier der Anfang dieses Buches ins Deutsche übersetzt, aber in der von Schreibdas entwickelten Schrift:

Alles begann damit, dass ich an meinem Baumbaum gelehnt dastand und in die Sonne blinzelte. Ein herrlicher Tag, hier kann ich Troll sein, hier will ich leben. Die Baabe der Bommer war von besonderer Festigkeit und er gork mua eine einzige Stelle, an der sie aufgerissen war. Der Bomm gewölbte mia das Zweeklugh, dem ich gern mulgte, um meine Baumköhle darin einzumachten. Es ist lange her, vielleicht ein paar hundert Jahre. Vom Bomm gibt es heute nichts mehr ....

(Die Schrift kann im Internet unter www.dietrolle.de zur eigenen Nutzung herunter geladen werden.)

Um sein Buch schreiben zu können, hatte Schreibdas diese Kringelschrift entwickelt, die in vielen Buchstaben an die unsere erinnert. Wie das sein kann, ist nur sehr schwer nachzuvollziehen, waren es doch die Römer, die unsere heutige Schrift ersannen. Selbst in der größten

Ausdehnung ihres Reiches lagen noch mehr als 1000 km zwischen ihnen und den im hohen Norden lebenden Trollen. Zudem ist noch zu beachten, dass die Trolle schon ein uraltes Geschlecht waren, ehe der erste Römer seinen Fuß auf die Erde setzte.

Jeder Troll, der zu den ersten gehörte, die die Wälder des Nordens bevölkerten, hatte ähnliche Erinnerungen wie die von Schreibdas niedergeschriebenen. Alle Trolle, die später geboren wurden, kannten ihre Ahnen zurück bis zu dem, der zu den ersten gehörte und selbstverständlich auch deren Geschichte. Auch dass Allbeert der allererste war, ist noch bis in unsere Zeit jedem Troll vertraut.

Seine ersten Texte schrieb Schreibdas mit der Holz-kohlenmethode. Dabei ritzte er mit einem spitzen Gegenstand, im Allgemeinen seinem selbst gefertigten Messer, den Text in ein Stück Birkenrinde. Er begann in der Mitte des Blattes und schrieb in einer immer größer werdenden Spirale um das erste Wort herum. War die Seite fertig geschrieben, wurde die Rinde mit einem verkohlten Stück Holz bestrichen. Die Schrift wurde sichtbar. Beim Schreiben selbst war nichts zu lesen. Nur bei günstigem Licht, wenn die beschriebene Rinde schräg unter das Auge gehalten wurde, war zu erkennen, dass auf ihr herumgekratzt wurde. Der Text selbst blieb unleserlich. Es ist also sehr schwierig, in gleichmäßigen Kreisen zu schreiben oder nach einer Unterbrechung den richtigen Ansatz wieder zu finden. Hinzu kommt, dass nach längeren Pausen der Schreiber selbst nicht mehr so recht wusste, wo er im Text abgebrochen hatte. Sprünge und Wiederholungen waren daher nicht selten. Die Seiten dieser Bücher stellten sich als ziemlich grobes Durcheinander dar. Wenn troll jetzt noch berücksichtigt, dass beim Über-die-Seiten-streichen die Kohle im Laufe der Zeit total verwischt wurde, ist klar, dass irgendwann eine andere Methode von Nöten war.

Schon beim ersten großen Trolltreffen bekam Schreibdas seinen Namen, weil er immer wieder Notizen machte. Tat er es nicht, wurde er bald von jedem, der meinte, etwas Wichtiges gesagt zu haben, aufgefordert: „Schreib das!" Und bald wurde er selbst nur noch so genannt. Nur einem aufmerksamen Beobachter wäre möglicherweise der Widerspruch aufgefallen: Ein schreibender Troll des Småfolkes, das weder schreiben noch lesen konnte und eigentlich überhaupt keine Schrift kannte.

Auch einige andere Trolle begannen bald zu schreiben. Natürlich wiederum mit ihrer eigens, nur für sich selbst, entwickelten Schrift. So z. B. Kantus mit seiner Spitzschrift, eckig und kantig, wie er selbst war. Ein weiterer benutzte eine Art Hieroglyphen und auch ruhnenähnliche Schriften fanden Verwendung. Letztendlich wurde auch noch die Strichtrollschrift angewandt. Letztere war eine Bilderschrift mit Strichmännchen bzw. Strichtrollen, die fast ‚jedertroll' zu entziffern und auch richtig zu interpretieren in der Lage war. Gut geeignet für kurze Information, jedoch viel zu einfach strukturiert, als das troll ein ganzes Buch damit verfassen würde.

Um einigermaßen Ordnung in solch ein Durcheinander zu bringen, beschloss der Oberste aller Trolle, König Allbeert, die Werke der Trolle und darüber hinaus alles, was Trolle interessieren könne, an einem Ort zu sammeln. Kenner, ein pfiffiger Troll mit viel Fantasie und Einfühlungsvermögen, sollte die entstehende Bibliothek leiten. dazu musste ein Ordnungssystem erdacht werden und das bei Trollen, die nichts mehr lieben als die Unordnung. Zum Vergnügen aller Trolle sollte außerdem hin und wieder eines der Bücher vorgelesen werden. Kenner begann sofort mit seiner Arbeit. Für einen Troll war er von ungewöhnlichem Ehrgeiz und sehr zielstrebig. So sammelte er von nun an alle von den Trollen des Småfolkes verfassten Niederschriften. Nach einer entsprechenden Anregung von ihm wurde das Schreiben, troll könnte fast sagen, neu erfunden. Die bisher bekannte Holzkohlemethode von Schreibdas, bei der troll ständig schwarze Finger hatte, wurde später durch die Benutzung von Blaubeersaft auf Birkenrinde für den überwiegenden Teil der Bücher ersetzt. War der Blaubeersaft erst trocken, so verwischte er nicht mehr. Das galt sowohl für die Buchseiten als auch für die Finger der Trolle, auch wenn letztere zwischendurch des Öfteren abgeleckt wurden. An den blauen Fingern war über Tage hinaus zu erkennen, wenn ein Troll ein Buch geschrieben hat und nicht gerade Blaubeerzeit war. In dieser Zeit hat wohl jeder Troll blaue Finger und darüber hinaus ist um den Mund herum das halbe Gesicht gefärbt. Um nicht zu verwischen, müssen die einzelnen Seiten der Bücher nach dem Schreiben zum Trocknen ausgelegt werden. Aber wenn Trolle eines haben, so ist es Zeit. Welche Bedeutung hat schon eine Stunde, ein Tag im Leben eines Trolls, das tausend Jahre währen kann? Da kann eine Birkenrindenbuchseite sich mit dem Trocknen ruhig etwas Zeit lassen. Geschrieben wurde sowieso nur bei schönem Wetter. Ein wenig in die Sonne zu blinzeln gehörte einfach dazu. Wild um sich herum legte der Schreiber die Seiten zum Trocknen aus. Ärgerlich war nur, wenn ein Windstoß alles durcheinander wirbelte. Wilde Flüche ausstoßend, jagte dann der Gute hinterher. Nicht selten stieß er dabei seinen Blaubeersaft um, was nicht gerade seiner Laune zuträglich war. Nach erfolgreicher Jagd, hinter den einzelnen Blättern her, half oft nur noch der Griff zu Flöte, um den Wind zu beruhigen. Nicht aber ohne zuvor die Birkenrindenbuchseiten sicher untergebracht zu haben. Zwar war sich jeder Troll im Klaren über seine Fähigkeiten als Flötenspieler, aber troll wusste nie, was da noch alles folgen könne. Denn trat er mit einem anderen Troll in den Wettstreit, wer nun dem Wind etwas mittels Flötenspiel mitzuteilen habe, war mit dem Schreiben erst einmal Schluss. Bei solch einem Wettstreit entstand meist ein Wirrwarr von Tönen. Das Gegeneinander der beiden Flöten führte auf Grund dieser Misstöne nicht selten zu einem Unwetter und wie sollte es bei Trollen auch anders sein, schloss dies natürlich mit einer herrlichen Balgerei ab. So endete das, was mit Flüchen begann, noch mit herzlichem Gelächter. Trotz derartiger kleiner Zwischenfälle entstand im Laufe der Jahre die größte je von Trollen zusammengestellte Bücherei, die Trolliothek. Unter einer alten Kiefer, mit einem für heutige Zeiten unglaublichen Durchmesser von 2,5 Metern, entstand die große Halle des Wissens, in der sich Kenner mit seinen Büchern einrichtete. Alle Bücher waren sauber aufgereiht in alphabetischer Reihenfolge, nach dem letzten Buchstaben des Titels. Die Bücher wurden ordentlich abgestellt auf waagerecht verlaufenden Wurzelverzweigungen.

Und da gab es noch ein ganz besonderes Regal, geschnitzt aus Alraune. Das einzige Regal, das nicht die Wurzeln der alten Kiefer nutzte. Hier war ein besonderer Platz reserviert. Dieses Regal war gut gefüllt mit Büchern, die zu dieser Zeit noch nicht geschrieben waren.

Auch dieses Buch hatte schon vor seiner Vollendung seinen Platz dort gehabt. Es wurde wahrscheinlich sogar von Kenner übersetzt ins Trollige.

Von den menschlichen Büchern werden nur solche in die Sammlung aufgenommen, die sich mit dem Leben der Trolle auseinandersetzen oder deren Lebensbereiche tangieren. Der überwiegende Teil davon steht in der Ecke für Humoristik. Aus Sicht der Trolle nicht eben grundlos.

Ein großer Andrang in der Bücherei ist bis in die heutige Zeit immer dann zu erwarten, wenn aus besagter Ecke Fauna und Flora, verfasst von irgendeinem Professor Dr. Soundso, in trolligen Übersetzungen vorgelesen werden. Die Trolle grölten und hielten sich lachend ihre Bäuche, bis diese schmerzten. Die Vorstellungen der Menschen, die diese Bücher geschrieben hatten, über die Anwendung von Kräutern mochten zwar hier und da vom Ansatz her richtig sein, aber das Wesentliche wurde völlig falsch ausgelegt. Würde ein Troll manch ein Kraut so verwenden, er hätte Blähungen, die ihn wie eine Rakete durch den Wald schießen würden. Wer weiß, was sonst noch alles mit ihm geschehen würde. Derartige Folgen wurden natürlich groß und breit diskutiert und mit entsprechender Körperhaltung dargestellt. Die Vorlesung selbst dauerte meist nur wenige Minuten und nur eines der Kräuter konnte so, wie die Menschen darüber dachten, vorgestellt werden. Die Diskussion und das Gelächter konnten Stunden dauern. Bei solch einer Vorlesung war es zweckmäßig, etwas zu essen dabei zu haben, obwohl wegen des ständigen Lachens kaum einer dazu kam, auch nur einen Happen zu nehmen. Gefuttert wurde dann auf dem Heimweg, denn der konnte ja schließlich auch noch bis zu einem ganzen Tag dauern. Von so weit reisten die Trolle an, wenn ein derartiger Höhepunkt der Vorlesezeit anstand. Besonders trollig wurde es immer dann, wenn zwei unterschiedliche Interpretationen zu den Folgen der Einnahme des Krautes hitzig debattiert wurden und letztendlich eine riesige Balgerei das ganze Spektakel abschloss. Nur Kenner versuchte dann noch zu schlichten oder die Streithähne vor die Tür zu setzen, aus Rücksicht zu seinen Büchern. Die Einmischung von Kenner brachte selbstverständlich andere Trolle dazu, sich ebenfalls einzumischen und Partei zu ergreifen. Vor der Trolliothek schließlich kam es dann immer zu einem Gebalge aller anwesenden Trolle, immer jedoch so, dass es zwar hoch herging, aber keiner ernstlich verletzt wurde. Letzteres aber auch durch die Robustheit der Trolle selbst. So, wie der eine oder andere Troll gegen einen Baum krachte, um sich dann lachend in die Keilerei zurück zu begeben, wäre bei Menschen wohl schon mal ein Knochen gebrochen. Aber genau das machte für die Trolle den Erfolg einer humoristischen Veranstaltung aus. Selbstverständlich gab es auch Vorlesungen zu ernsteren Themen. War der Verfasser ein Troll, so war er es, der auf Grund der von ihm verwendeten Schrift das Buch vorlesen musste, wenn nicht Kenner dessen Schrift bereits gelernt hatte. Die Schriften derer, die schon mehrere Werke in der Bibliothek abgaben (Trollbücher sind schließlich mit der Hand geschrieben), hatte Kenner sehr schnell gelernt. Über die Werke anderer Trolle, von denen es jeweils nur ein Buch gab, hatte er ein Verzeichnis angelegt, so dass der entsprechende Autor zur Vorlesung gebeten werden konnte.

Anders sah es da mit den Büchern der Menschen aus. Zwar war der überwiegende Teil in der weit verbreiteten lateinischen Schrift verfasst, aber in unterschiedlichen Sprachen. Hier galt es für Kenner schnell zu sein. Bevor ein Buch veröffentlicht wurde, konnte er die Bücher, die noch nicht geschrieben waren, zu Rate ziehen. In dem

Augenblick, in dem irgendein Autor das erste Wort zu einem Buch niederschrieb, stand sein komplettes Werk in der Trollbücherei in besagtem Regal. Dieses Buch galt es schnellstmöglich abzuschreiben und ins Trollige zu übersetzen. Das war nur möglich, weil Bücher dieser Art in einer einheitlichen Schrift und Sprache, der Sprache des ungesprochenen Wortes, verfasst waren. Sie ist universell, jeder Gedanke wird in dieser Sprache gedacht. Erst wenn jemand seinen Gedanken äußert, um ihn mitzuteilen, wird die normale Sprache genutzt. Und derer gibt es Tausende. Das alles geschieht ohne unser Bewusstsein. Kenner war in der Lage, diese Bücher zu lesen und zu interpretieren. Waren die Gedanken und Ideen dieser Bücher vom Autor erst Dritten mitgeteilt, so erlosch ihr Text Zeile für Zeile in den Büchern, die noch nicht geschrieben wurden. Letztendlich verschwand das komplette Buch aus dem Regal. Diese einzigartigen Vorabversionen waren dann verloren für immer, denn die Gedanken waren niedergeschrieben. Doch gab es auch einige Bücher, die niemals aus diesem Regal verschwanden. Von diesen Büchern ging eine Traurigkeit aus, denn sie handelten von Schmerz und Unterdrückung. Ihre Veröffentlichung wurde von den Unterdrückern verhindert. So warten diese Bücher bis heute in den Regalen der Trolliothek darauf, dass ihre Texte erlöschen, weil sie zu Büchern der realen Menschenwelt geworden sind.

Häufig reichte ein kurzer Blick in eines dieser Bücher, sobald sie im Regal standen, und Kenner wusste, ob es für die Trolle von Nutzen sei und ob er nicht handeln müsse. Z. B. ein Kriminalroman mag zwar für unsereins sehr spannend sein, aber für einen Troll, der zwar seine

Balgereien über alles liebt, ansonsten aber ein fried-
liebendes Wesen ist, wohl kaum. Hass, Gier und Neid
sind Dinge, für die es in der Sprache der Trolle nicht
einmal Worte gibt. Wie sollte er sich also über Derartiges
amüsieren oder Spannung empfinden?

Irgendwann wurde Haurucki vom Obersten aller Trolle,
König Allbeert, zu Schreibdas gesandt, um dessen Kringelschrift zu erlernen. Schließlich sollte so ein Hofmarschall
doch schreiben und lesen können. Zumal er der königliche
Schreiber werden sollte. Bald würde er alles aufzeichnen,
was am Hofe von Wichtigkeit war.

Allbeert schrieb dazu an Kenner einen Brief im Strich-
trollstil.

Schreibdas war verwundert, als Haurucki vor ihm stand
und den königlichen Brief überreichte.

„Lieber Schreibdas", las er laut, „setzt euch zusammen
und zeige Haurucki das Schreiben, König Allbeert."

Es dauerte seine Zeit, bis Haurucki in der Lage war, einen
Text flüssig zu schreiben. Nachdem er es aber gelernt
hatte, gab er seine Kenntnisse an andere Trolle weiter.
Dennoch, es sollte mehrere Jahrhunderte dauern, bis die
Trollkringelschrift zur allgemeinen Schrift der Trolle des
Småfolkes ernannt wurde. Aber auch bis heute ist nicht
jeder Troll des Schreibens und Lesens mächtig. Deshalb

wird die Trollstrichschrift für Erlasse des Trollkönigs und die Korrespondenz noch bis in die heutige Zeit hinein benutzt, damit des Lesens unkundige Trolle dies verstehen können.

Die Trollstrichschrift kann und konnte ‚jedertroll' so schreiben, wie er es für richtig hielt, bekannte Symbole sollten jedoch übernommen werden. Aber daran hält sich ein richtiger Troll nur dann, wenn ihm selbst nichts Besseres einfällt. Diese Art der Informationsübermittlung kann deshalb von jedem Troll richtig interpretiert werden.

Nicht alle Bücher konnten gerettet werden, als eines Tages die alte Kiefer in sich zusammen brach. Die Bücher, die gerettet werden konnten, wurden seitdem schon mehrfach umgelagert. Zum Glück konnte auch das Alrauneregal jedes Mal mitgenommen werden und mit ihm die ungeschriebenen Bücher.

Für die Trolle gibt es auch heute noch Vorlesungen wie zu den Zeiten, als die Trolliothek entstand. Hoch oben im Norden, wo die Sonne im Sommer auch nachts scheint, kann man die Stimme des Vorlesers und vielleicht auch die Balgereien der Trolle hören. Man muss nur die Augen schließen, die Ohren spitzen und vor allem eins, fest daran glauben.

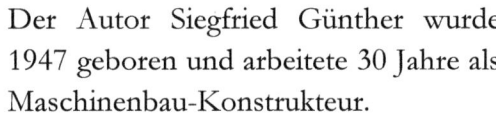 Der Autor Siegfried Günther wurde 1947 geboren und arbeitete 30 Jahre als Maschinenbau-Konstrukteur. Eine so rationale Tätigkeit brauchte ihren Ausgleich. Nachdem die Märchenbücher als Gutenachtgeschichten für seine Tochter, die heute natürlich längst ihr eigenes Leben lebt, ausgelesen waren, mussten eigene Geschichten her. Aus dem Stehgreif entstanden so erste Erzählungen.

Als Haupt-Urlaubsziel hatte sich im Laufe der Jahre Schweden herausgebildet. So war es nicht allzu verwunderlich, dass bei den Erzählungen immer häufiger Trolle eine wesentliche Rolle spielten, deren Spuren man beim Umherstreifen hier und da zu entdecken sicher war.

Aber es sollten noch Jahrzehnte vergehen, ehe dann die ersten Geschichten auf Papier gebannt wurden und im Internet unter: www.dietrolle.de auszugsweise veröffentlicht wurden. Vorerst war das Hobby des Marionettenbaus wichtiger.

Ein Buch über Trolle, ohne die eine oder andere  Darstellung, sollte es aber nicht werden. Zwar kann ein Konstrukteur mit Lineal und Zirkel ganze Maschinen aufreißen, aber zu einem Trollbild reichte es nicht. Professionelle Hilfe leistete hier der Hinterglasmaler und Airbrush-Künstler Uwe Schönefeldt als Illustrator. Sowohl seine Kunst als auch sich selbst stellt der Autodidakt Uwe Schönefeldt im Internet vor unter:
www.hinterglasmalerei-schoenefeldt.de/